DENTES NEGROS

André de Leones

DENTES NEGROS
Romance

Copyright © 2011 by André de Leones

Fotografias: Lívia Ramirez

Direitos desta edição reservados à
EDITORA ROCCO LTDA.
Av. Presidente Wilson, 231 – 8º andar
20030-021 – Rio de Janeiro – RJ
Tel.: (21) 3525-2000 – Fax: (21) 3525-2001
rocco@rocco.com.br
www.rocco.com.br

Printed in Brazil/Impresso no Brasil

Preparação de originais
BERNARDO WALCKIERS

CIP-Brasil. Catalogação na fonte.
Sindicato Nacional dos Editores de Livros, RJ.

L576d	Leones, André de, 1980-.
	Dentes negros/André de Leones.
	– Rio de Janeiro: Rocco, 2011.
	14x21cm
	ISBN 978-85-325-2699-1
	1. Romance brasileiro. I. Título.
	CDD–869.93
11-4767	CDU–821.134.3(81)-3

Para André Carvalho e Vandré Abreu.

Para Maria Fernanda Rodrigues, onde quer que esteja.

E para Marcelo da Silva Batista, ontem.

"Vocês não vão escapar de si mesmos."

– TOLSTÓI, *Anna Kariênina*.

PRIMEIRO BLOCO / ossos

Ninguém aqui teve infância, ela diz. E agora estamos envenenados até os ossos.

Não é mais a típica conversa de mesa de boteco entre duas pessoas que acabaram de se conhecer. A moça sentada à esquerda de Hugo está realmente querendo dizer, dizendo alguma coisa. Ele tenta se lembrar do nome dela, dito assim que ele chegou e se sentou à mesa e eles foram apresentados por um conhecido em comum de cujo nome ele também não consegue se lembrar.

Olhando ao redor, Hugo confere quem está à mesa. São quase todos rostos conhecidos, colegas de trabalho curtindo a happy hour de uma quarta-feira, véspera de feriado prolongado, e é como se ele soubesse e não soubesse seus nomes, ou como se soubesse e sentisse que isso (saber seus nomes) não significa nada.

Não chegam a ser amigos, pessoas realmente próximas, mas colegas da emissora reunidos após o expediente, quando alguém se lembrou de ligar para ele e ele, sozinho em casa, meio deprimido e muito entediado, enxergou a possibilidade de sair um pouco como algo bom e saudável.

A moça é muito jovem e fuma sem parar. Desde o momento em que ele chegou e se sentou ao seu lado e decidiu beber o mesmo que ela (arak), engataram uma típica conversa de mesa de boteco sobre o que se deve ou não beber nos dias de hoje, quais as melhores marcas e os melhores tipos de bebidas, e concordaram que a esmagadora maioria das cervejas nacionais se tornara veneno puro.

Eu bebia cerveja quando moleque, ele disse. Era outra coisa, não esse lixo que fazem hoje usando cevada sintética e não sei mais o quê.

Quando moleque?, ela perguntou.

Quando moleque. Na minha adolescência desocupada de cidade do interior. Ou, talvez até fosse o caso de dizer, na minha infância tardia.

Foi quando ela riu e disse:

Ninguém aqui teve infância. E agora estamos envenenados até os ossos.

E logo depois ela completou:
Ou a partir deles. Digo, dos ossos.
Hugo não esperava por algo desse tipo. Infância, agora, ossos, envenenaram. Uma alusão direta à Calamidade, à devastação recente. Sério, ele a observa tomar um pequeno gole de arak, fazer uma careta, dar uma longa tragada no cigarro.
Qual é o seu nome mesmo? Eu esqueci.
Renata, ela sorri. Renata Campos.
Ela é branca, os cabelos pretos, curtos, e tem os olhos puxados. Usa óculos de grau e segura o cigarro aceso como John Travolta naquele velho filme de John Woo. E diz:
Também esqueci seu nome.
Hugo. Hugo Silva.
Também trabalha na TV, Hugo Silva? Não me lembro do seu rosto.
Meu nome.
Seu nome?
Sou roteirista. Se fosse o caso, você se lembraria do meu nome.
Se fosse o caso?
Se fosse o caso de se lembrar.
E por que não é o caso de eu me lembrar?
Porque você não vê os programas que eu roteirizo.
Não?

Não.

E que programas são esses?

De humor. Sábado à noite, domingo à tarde. Humor escrachado, sabe? As mesmas situações, repetidas programa após programa, risadas gravadas, bordões e coisa e tal.

Eu não vejo os programas que você roteiriza, Hugo Silva.

Foi o que eu pensei.

Foi o que você disse.

Foi o que eu disse.

Ela apaga o cigarro e acende outro em seguida. Hugo olha outra vez ao redor e repete mentalmente os nomes das pessoas que estão à mesa. Pequenos apagões mentais. Reflexos de seus dezesseis, dezessete, dezoito anos, quando havia uma constelação de drogas à disposição, drogas novas e velhas, todas liberadas, todas ao alcance das mãos e dos bolsos de todo mundo, a concorrência jogando os preços lá embaixo. Hugo exagerou por um tempo, rapaz recém-chegado do interior, sozinho na maior cidade do país. Mas todo mundo exagerava naquela época, dez, doze anos antes, e todo mundo parecia estar ou estava de fato sozinho na maior cidade do país.

Eu tive infância, ele diz.

E como é que ela foi?

Normal.
E que diabo é isso?, ela ri.
Não sei.
Pergunte aos seus pais. Talvez eles saibam.
Não posso.
Ele não precisa dizer mais nada. Ela entende. Ele não pode perguntar aos pais. Ela compreende, assopra a fumaça, diz:
Sinto muito.
Tudo bem.
De onde eles eram?
Goiás. Eu também sou de Goiás. Passei a minha infância lá.
A sua infância normal.
A minha infância normal. E depois a minha infância tardia.
Goiás foi arrasado.
Foi. Goiás foi arrasado. Não existe mais.
O lugar da sua infância.
Entendi aonde você quer chegar.
Eu não quero chegar a lugar algum, Hugo.
O sol está se pondo em algum lugar. Renata segura o cigarro como John Travolta em um velho filme de John Woo e não quer chegar a lugar algum. Agora ele não consegue deixar de olhar para ela. Muito jovem, fumando sem parar. Dizendo coisas, bebendo o mesmo

que ele, não, ele está bebendo o mesmo que ela, ele chegou depois, meio deprimido, entediado, sair um pouco, olá, tudo bem?, muito prazer.

Eu sou baiana. A minha cidade tinha o mesmo nome que esse bar, sabia?

Ibotirama.

Ibotirama. Minha família inteirinha. Foi isso que eu quis dizer. O lugar de onde eu vim, as pessoas com quem eu cresci. Minha infância ficava lá, naquele lugar e naquelas pessoas. O lugar foi arrasado, as pessoas não existem mais.

Mas você disse que não tivemos infância.

Disse.

Nós tivemos, sim. Tivemos e depois perdemos.

Ela pensa um pouco, dá uma tragada. E sorri.

Por que está rindo?, ele pergunta.

Sorrindo.

Sorrindo. Por que está sorrindo?

Porque só nos conhecemos há quinze minutos e já estamos conversando sobre essas coisas. Não é mais a típica conversa de mesa de boteco. Pelo menos, não entre duas pessoas que acabaram de se conhecer.

Vou pedir mais uma dose. Quer mais uma dose?

Por que não?

Juntaram três mesas e agora são catorze, dezesseis se contarmos Renata e Hugo, mas são catorze pessoas falando mal de colegas de trabalho ausentes e dos chefes e planejando o feriadão e pedindo mais bebidas e cogitando pedir alguma coisa para comer ou beliscar enquanto o bar enche mais e mais e gravatas são afrouxadas e todos respiram aliviados, livres, leves, a próxima segunda-feira tão distante e inefável quanto o extinto estado do Acre.

Havia uma piada que circulava pelas mesas de botecos paulistanos anos antes sobre o estado do Acre, e nem era bem uma piada, mas o tipo de grosseria preconceituosa cometida por alguns paulistanos contra lugares distantes de São Paulo, contra lugares que não são e nunca serão (ou seriam) como São Paulo, e as pessoas falavam sobre coisas de cuja existência duvidavam, coisas que eles achavam que não existiam, lendas, e uma dessas coisas era o estado do Acre. Hugo se incomodava com isso porque às vezes se referiam dessa forma a Goiás. Ele se incomodava e prometia a si mesmo voltar para a terra natal tão logo terminasse o mestrado, voltar para Goiás, para os pais, para os amigos, para casa.

Mas ele nunca terminou o mestrado, começou a escrever para a televisão, a ganhar um bom dinheiro, e então veio a Calamidade e Goiás, a exemplo do Acre, não existe mais, foi arrasado.

Porque só nos conhecemos há quinze minutos e já estamos conversando sobre essas coisas, ela disse.

O engraçado é que foi ela dizer isso e eles se calaram. Hugo e Renata sentados lado a lado com suas doses de arak, de repente sem ter mais o que dizer, sem a mínima vontade de dizer qualquer coisa, e ficam então ouvindo as conversas dos outros por um tempo, fingindo interesse, fingindo entender tudo, e algumas coisas ele de fato entende, o supervisor fulano de tal é um sacana, olha o que ele fez comigo, outras não. Renata fuma um cigarro atrás do outro, um maço inteiro em questão de minutos, feito alguém ansioso porque a mulher está parindo logo ali e houve complicações, senhor, eu sinto muito mas.

Me fala alguma coisa da sua infância, ela pede depois de um tempo.

Da minha infância?

Da sua infância normal, não da sua infância tardia, ela sorri.

Para quê?

Eu quero ter certeza de que você não a perdeu.

Eu não a perdi.

Então me conta alguma coisa.

Eu não ia saber o que contar. Eu não sei o que você quer ouvir.

Eu quero ouvir o que você quiser contar. Não precisa ser nenhuma grande história. Para falar a verdade, eu até prefiro que seja uma história pequena, boba. Uma coisa qualquer. Tipo, seu primeiro dia na escola.

Eu não me lembro.

Você não se lembra do seu primeiro dia na escola?

Não, eu... eu não me lembro de certas coisas. Minha memória é meio falha, e de vez em quando eu tenho tipo uns miniapagões, sabe? Esqueço de algumas coisas, coisas até bobas, por alguns segundos.

O que você tomou, rapaz?

Ele ri. Ela acertou:

Eu inalei muito cury anos atrás.

Cury? Eu experimentei uma ou duas vezes. Me deu dor de cabeça. Dizem que ferra com a cabeça da gente mesmo. Perda de memória, essas coisas.

O que você usa?

Eu sou passadista: fumo maconha de vez em quando.

Maconha? Mas não plantam isso há pelo menos cinco anos.

Sintética, querido.

Claro, ele ri. Arvorezinhas de plástico.

Quase isso.

Hugo toma um gole e por um segundo se vê sentado no tapete de uma sala espaçosa fumando maconha com Renata, e diz:

Tá, eu vou contar.

Ele se ajeita na cadeira e ela faz o mesmo. As conversas dos outros desaparecem. Os outros fregueses do bar desaparecem. O bar desaparece, a Augusta, os carros, São Paulo desaparece. Renata olha fixamente para o rosto de Hugo, que por sua vez olha para o chão. Ele olha para o chão e começa a contar.

Hugo conta a Renata que um dia saiu correndo para o quintal.

Era um quintal imenso, e ele saiu correndo assim que o pai entrou na sala e gritou o nome dele.

O pai nunca corria. De bermuda jeans, sandálias de couro e camisa aberta, entrou na sala onde ele estava e gritou o nome dele.

O pai estava na cozinha limpando um peixe e, quando foi para a sala, levou a faca consigo.

Havia um quintal menor e um quintal maior, dois quintais em um, separados por um muro de adobe.

A irmã queria mostrar uma coisa, algo que Hugo não queria ver, ela insistiu e se colocou na frente dele, entre ele e a televisão, e ele a empurrou.

O pai foi atrás dele, caminhando sem pressa, a camisa aberta.

A irmã caiu de costas no tapete, não se machucou de verdade, mas começou a chorar.

Ele corria sabendo que ia parar no momento em que o pai dissesse o seu nome outra vez. O pai sequer precisaria gritar de novo. Era só dizer o nome dele que ele ia parar onde quer que estivesse, ia parar e, cabisbaixo, dar meia-volta e marchar para o castigo, fosse ele qual fosse. Mas, enquanto não acontecia, enquanto o pai não repetia o nome dele, ele seguia correndo e, correndo, ultrapassou a abertura no muro que separava o primeiro quintal do segundo quintal.

A irmã queria mostrar um desenho que tinha feito, um Homem-Aranha estupidamente magro suspenso no céu, muito acima dos prédios e da cidade, como se estivesse voando ou flutuando.

Ele contornou a primeira árvore, uma jabuticabeira desfolhada, e correu em direção à mangueira maior, como se lá não pudesse mais ser alcançado pela voz do pai dizendo o seu nome.

No filme que ele estava vendo, um carro saía da estrada e capotava em chamas por um despenhadeiro até a explosão final.

O pai parou logo depois da abertura no muro que separava o primeiro quintal do segundo quintal e ficou a observá-lo correr em direção à mangueira maior.

A irmã berrou:
Pai, ele quer me matar.
Ela sempre exagerava, um corte equivalia a uma amputação, um resfriado a uma doença terminal, um mau dia na escola era o fim do mundo.
No momento em que chegou à mangueira, no instante em que apoiou o corpo no tronco seco, machucado, velho, ele ouviu o pai dizendo o seu nome. A mãe chegou do trabalho uma hora e meia depois e a princípio não quis nem saber. Estava cansada, não estava com fome, queria um banho, deitar na cama e ler Harold Robbins ou Sidney Sheldon até a hora da novela. Olhou para a filha emburrada em uma poltrona, o filho emburrado no tapete, o marido emburrado no sofá, e disse:
Oi.
Responderam com resmungos. Ela respirou fundo, colocando a bolsa em cima da mesinha de centro, reunindo forças, e perguntou o que tinha acontecido. O pai, sempre mais interessado no jornal local que rolava na televisão, resumiu dizendo:
O menino bateu na menina, eu tive que bater no menino.
Com o que você bateu nele?
Ele suspirou, irritado porque ela sempre se interessava por detalhes que, para ele, àquela altura, não faziam a menor diferença.

Ele bateu nela e correu, eu bati nele e pronto, foi isso, acabou.

Mas ela insistiu:

Com o que você bateu nele?

Ele suspirou pela segunda vez, o suspiro querendo dizer eu queria ver esse jornal, o suspiro querendo dizer você já chega enchendo o meu saco, o suspiro querendo dizer eu fiquei com esses dois a tarde inteira e você não sabe mais o que é isso, você não se lembra mais o que é isso, você não consegue imaginar o que é isso, o suspiro querendo dizer porra, não enche o saco, não foi nada, já passou, ninguém morreu, só estão emburrados, está vendo algum braço quebrado?, sangue?, vísceras expostas?, ele suspirou e disse:

Com a minha faca.

Como assim com a sua faca?

Assim mesmo, com a minha faca.

Com o cabo?

Não, com a lâmina.

Com a lâmina? Você enlouqueceu?

Eu bati com a lâmina assim de lado, ele nem se cortou.

Onde você bateu nele?

Na perna.

Me mostra, a mãe ordenou ao menino.

O menino se levantou e ergueu um pouco o calção e ela viu a marca avermelhada, não havia sangue, o desenho de parte da lâmina da faca. Ela suspirou por suspirar, o suspiro não significando absolutamente nada além de cansaço, suspirou e perguntou se estava doendo. O menino balançou a cabeça: não.

Hugo e Renata deixam os colegas no Ibotirama e vão para o apartamento dela. Hugo não mente: Eu moro com um cara.

Renata não se importa. Eles vão para o apartamento dela na Frei Caneca e trepam no tapete da sala (Meu quarto está uma zona, ela diz.) e depois ficam deitados no tapete ouvindo um velho disco de Tom Waits.

Mas a coisa não acontece assim tão rapidamente.

Eles estão sentados à mesa do bar.

Por diversas vezes, enquanto Hugo rememorava o suposto acontecimento de sua infância, Renata pensou que talvez não se tratasse de uma lembrança dele, mas sim de uma narrativa, um conto que ele escreveu e memorizou e agora recitava para ela como forma de se livrar da incumbência aziaga de provar que não perdera a infância, que ela estava ali, ao alcance da mão e da memória e da fala, e ao alcance até mesmo dela, Renata, algo a ser compartilhado como um bolo de aniversário ou uma notícia, boa ou má.

Uma vez terminada a história, ela procurou por alguma coisa que pudesse contar, mas não encontrou nada. A morte do pai, cogitou. Mas a morte do pai não fora banal. Ela queria algo banal. Ela queria uma insignificância, uma irrelevância, mas não encontrou nada.

Eles estão sentados à mesa do bar, outra vez em silêncio. Ela é muito jovem e ele não sabe o que ela faz, não se lembra quem os apresentou, não sabe com quem ela chegou àquela mesa, ele chegou depois e ela já estava lá. Dois órfãos, ela baiana, ele goiano, suas terras natais devastadas, suas famílias, e ele pensa sobre o que ela disse antes, aquilo sobre eles estarem envenenados, algo assim, e pergunta:

O que você quis dizer com aquilo?

Aquilo o quê?

Você disse algo sobre a gente estar envenenado até os ossos. Ou a partir deles. Algo assim.

Disse, sim.

O que você quis dizer?

Você sabe.

Não estamos doentes. A vacina funciona. Somos todos vacinados aqui. Nossos ossos estão salvos. Não estão, não. Você sabe, a vacina não elimina a doença. Ela impede que os sintomas apareçam, isso sim. Ela constrói um monte de pequenas jaulas para os antígenos e transforma o nosso corpo num imenso calabouço. Somos todos bastilhas ambulantes. Estamos todos doentes, e doentes até os ossos. A doença está dentro da gente e nunca vai sair.

Está dentro da gente e nunca vai sair, ele repete. Hugo sabe disso, sempre soube. Leu sobre, viu e ouviu na televisão. Mas nunca pensou a respeito. Nunca disse isso em voz alta.

As filas, as pessoas tomando a vacina quando tudo parecia perdido, quando parecia que a desgraça chegaria até eles, inclemente, quando parecia inevitável.

Antes, os sobreviventes migrando para o sul e para o sudeste e sendo isolados e estudados, quando não mortos por algum soldado afoito ou por civis descontrolados, que pareciam dizer, e às vezes diziam, gritavam:

Por que vocês não ficaram lá e morreram?

A coisa dentro deles, paralisada, mas dentro deles para sempre, e depois dentro dele, Hugo, e de todos os outros, todos devidamente vacinados.

Calabouços ambulantes.

Hugo pensa em um tio que certa vez, há muito tempo, levou um tiro e a bala se alojou em seu corpo. Não quiseram tirar. Os médicos disseram que causaria mais danos abri-lo e tirar a bala do que deixá-la lá dentro. As radiografias, o projétil visível. A doença em nós é assim, visível feito aquela bala?

O que você faz?, ele pergunta.

Estudo artes cênicas. Mas não sei atuar. Quero escrever.

Escrever peças?

Escrever peças.

Eu tinha uma amiga formada em artes cênicas. Ela atuava.

Aqui?

Em Goiânia. Casada com um amigo meu que era escritor.

Escritor?

Sim, escritor. Romances, contos. O nome dele era Daniel.

Eles?...

Sim, claro. Eles, todo mundo. Todo mundo.

As filas eram enormes e havia pessoas tomando a vacina várias e várias vezes e crentes pregando e vendedores ambulantes nas portas dos postos de vacinação e jornalistas e a vacina sempre acabava e as pessoas esperavam por dias nas filas e as filas nunca diminuíam e as pessoas se desesperavam e havia tumultos e brigas e mortes, mesmo com o governo dizendo que a coisa fora controlada, que não se preocupassem, e a coisa toda nunca ficou clara realmente, como o avanço da epidemia foi tão avassalador e, depois, como ele foi contido com tanta rapidez. As pessoas não quiseram pensar a respeito. Ele, Hugo, não quis pensar a respeito. Todo mundo quis apenas esquecer.

Você gosta de teatro?

É tudo teatro, ele responde irrefletidamente enquanto pensa nos dias da vacinação, nas filas, nos tumultos, em todas aquelas pessoas no bar, na rua, pela cidade, fora dela, fora de tudo, e também pensa nas pessoas nas áreas devastadas, os que não morreram e não foram embora, os que insistiram em ficar, nas ruínas, no meio do nada, nos lugares agora sem nome.

É tudo teatro, ela repete e ri e logo ele está rindo também.

Eles bebem mais e não demora muito para que ela pergunte se ele tem alguém. Hugo não mente:

Moro com um cara.

Como vocês se conheceram? Como é que aconteceu?

Da maneira como sempre acontece.

Renata acende outro cigarro, dá uma tragada e diz que será o último, que depois dele vai embora. Eles não têm muito mais o que fazer por ali.

Moro aqui perto, na Frei Caneca.

Por que vai embora tão cedo?

Se eu não estivesse aqui, conversando com você, você estaria aqui até agora?

Não.

Se você não estivesse aqui, conversando comigo, eu teria ido embora depois do segundo cigarro.

Eles tomam uma última dose de arak, ela termina o cigarro e diz:

Vamos?

Hugo paga pelas bebidas, eles se despedem dos outros e atravessam a rua completamente congestionada, filas e filas de carros parados desde antes da Paulista até sabe-se lá onde, do infinito ao infinito.

Eles se beijam no elevador porque ainda na calçada ela disse nunca, em toda a vida, ter beijado alguém dentro de um elevador.

Meu quarto está uma zona.

Ela guarda os discos na estante da sala, os discos devidamente catalogados, e tem uma vitrola comprada anos antes na Benedito Calixto.

Presente do meu pai. Meu último aniversário com ele.

A voz dela treme um pouco ao dizer isso.

A vitrola, pequena, está ligada a duas caixas de som enormes. Ela coloca um disco e deixa o volume baixo. A música se espalha pelo chão da sala feito a água liberada de um aquário cujas paredes se romperam.

É um dos primeiros do Tom Waits. Você gosta do Tom Waits?

Gosto. Você é tão nova.

Você não tem trinta anos.

Você não tem vinte e cinco.

Sentam-se no sofá.

Talvez ele tenha sido mesmo um bêbado. Ou talvez ele só fizesse gênero, só cantasse como um bêbado.

Há maneiras de descobrir isso.

As informações disponíveis não são confiáveis.

Ele tenta se lembrar do nome da música, mas não consegue. Como se adivinhasse, ela diz:

You're innocent when you dream.

Ele sorri: Sim.

Ela o beija na boca, como se quisesse tomar o sorriso dele para si. Quando se afasta um pouco, ambos estão sorrindo.

Quem era japonês?, ele pergunta. Sua mãe ou seu pai?

Minha mãe. Ela morreu quando eu nasci.

Sinto.

Sinta.

E seu pai?

Há três anos. Me beija?

Ele a beija e eles rolam até o chão no momento em que a música, pronta para afogá-los, termina de inundar todo o apartamento.

H ugo sonha que sobrevoa São Paulo. A cidade esvaziada, deserta, abandonada. Hugo sobrevoa São Paulo e nada acontece lá embaixo. Nada se mexe, nada queima. Então, São Paulo se torna Goiânia, a Paulista dá lugar à Avenida Goiás. Hugo sobrevoa Goiânia e nada acontece lá embaixo. Então, Goiânia se torna Brasília. E depois Brasília se torna Cuiabá, e depois Cuiabá se torna Belém, Belém se torna Palmas, e a imagem é sempre a mesma, mudam as ruas, mas as ruas estão sempre desertas, nada se mexe, nada queima, nada acontece.

As Forças Armadas sobrevoavam as cidades afetadas. Sobrevoavam as cidades e nada acontecia lá embaixo.

Os telejornais e os sites de notícias transmitiam o tempo todo as imagens desoladas, silenciosas. Um ronco de motor distante, como se a própria aeronave se esforçasse para não fazer barulho. Isso dias após a descoberta da vacina, semanas após o início da Calamidade. Tarde demais para alguns, bem a tempo para outros. E tudo foi rápido demais, que é como devem ser as calamidades do século XXI.

Os aviões das Forças Armadas sobrevoavam os lugares onde se encontravam aqueles para quem era tarde demais. Para que os outros, para quem a vacina surgiu bem a tempo, pudessem *ver*.

Mas ver o quê?

Nada acontecia lá embaixo. Os olhos grudados nas telas, à espera de que alguma coisa, *qualquer coisa*, acontecesse. Mas nada, nada acontecia.

Quero falar agora, diz Renata.

Ela também está sonhando.

Estão deitados no tapete, o disco há muito terminou de tocar, estão deitados no tapete, ela sobre o peito dele, aninhada, treparam outra vez, beberam mais um pouco, não se vestiram, dormiram abraçados no tapete e o disco há muito terminou de tocar, o apartamento uma piscina esvaziada, seca.

Não quero falar sobre isso, quero?, diz Renata.

Ela sonha com o pai.

Ela está deitada na cama e é de manhã. A porta é aberta e o pai coloca a cabeça para dentro do quarto e diz que está na hora. Ela resmunga e se vira na cama e abre os olhos com dificuldade.
Ainda é cedo.
Não é, não.
É, sim.
Não é, não, senhora.
Em seguida, estão sentados à mesa da cozinha, tomando o café da manhã. O pai sempre pegava o pão francês e o cortava ao meio e depois perguntava a ela:
Vai querer o quê?
Sempre havia manteiga e mel e geleia e presunto e maionese e ovos fritos e a cada dia ela queria uma coisa diferente.
Hoje eu quero manteiga e presunto e ovo, ela diz no sonho.
Muito pesado, diz o pai, mas começa a passar e a colocar o que ela pediu dentro do pão, manteiga, presunto, ovo, e ela sorri enquanto se serve de um pouco de café.
Em seguida, estão no elevador, ela em seu uniforme de colégio e com a mochila, o pai em seu terno e gravata e com a maleta.
Em seguida, estão em Salvador, entrando no Mercado Modelo, e o Mercado Modelo está deserto.

Mas a coisa não chegou até aqui, diz o pai.
Parece que chegou, ela diz.
Que pena, lamenta o pai.
Em seguida, caminham por uma praia deserta e ela não sabe dizer onde estão.
Vamos nos sentar aqui e esperar, diz o pai. O mar sempre traz algo de novo.
Em seguida, ela acorda, está dia claro e Hugo foi embora. Ela está coberta. Ele provavelmente acordou de madrugada e foi até o quarto dela, ignorando o fato de o quarto estar uma zona, pegou um cobertor e a cobriu e foi embora sem acordá-la.
Há um bilhete sobre a mesa da cozinha:

Queria te ver mais tarde.
Hugo.

O número do telefone está anotado logo abaixo do nome dele. Enrolada no cobertor, ela volta para a sala e vai até a janela. Nada de novo lá embaixo. Filas intermináveis de carros, o ar espesso, sirenes distantes. Nada de novo.
Horas antes, Hugo acordou com a própria voz dizendo: Goiânia. Mas já não era Goiânia. Era Silvânia, a cidade onde cresceu, onde moravam seus pais, paren-

tes, amigos. Hugo sobrevoava Silvânia e nada acontecia lá embaixo. Foi quando disse Goiânia e acordou. Manteiga, presunto, ovo, dizia Renata no momento em que Hugo disse Goiânia e acordou.

Ele se levantou e se vestiu, depois foi até o quarto dela, pegou um cobertor, voltou à sala e a cobriu. Escreveu o bilhete na cozinha e saiu sem fazer barulho. Sentiu uma tremenda vontade de vomitar assim que adentrou o elevador. Segurou-se até a calçada. Deixou o prédio e, logo depois de passar pelo portão, apoiou-se em um poste e vomitou.

Qual é a porra do seu problema?, gritou o porteiro. Hugo preferiu não responder e saiu à procura de um táxi. Quando afinal encontrou um e embarcou, começou a pensar no bilhete deixado sobre a mesa da cozinha de Renata. O nó no trânsito fora desatado, mas ainda havia carros demais nas ruas. Teria se esquecido de anotar o telefone? Sempre há carros demais nas ruas.

Em seu apartamento, Hugo vomitou mais. Não conseguiu dormir. Ninguém em casa. Hugo torceu para que ele tivesse viajado sem avisar. O enjoo só passou quando amanhecia.

Tomou um banho, bebeu bastante água e agora sai para comprar um jornal. O presidente anunciando que as estradas para as áreas afetadas estão finalmente liberadas. Os poucos sobreviventes que ainda estão por lá (cerca de 8% da população original), desde que cumpram com todas as exigências do governo (quarentena, exames, escaneamento total, mais exames), podem fazer como os outros e emigrar para as áreas livres. E alguns dos moradores das áreas livres podem finalmente visitar as áreas afetadas, desde que atendam aos dois pré-requisitos: tenham nascido em alguma cidade afetada; tivessem parentes vivos morando na região quando do início da Calamidade. Hugo atende aos dois pré-requisitos.

Ele volta à primeira página do jornal e observa a foto do presidente. Um homem assustado, por certo. Ele e boa parte dos deputados e senadores e ministros escaparam com vida porque não estavam em Brasília quando os primeiros sinais apareceram. Sobreviveram por acidente. Porque não estavam onde deveriam estar. Por acaso. Ao que parece.

A campainha do telefone vem encontrá-lo agora, onze e pouco da manhã, lendo o jornal à mesa da sala.

Eu tive um sonho esquisito, é a primeira coisa que Renata diz.

Eu também. Com o que foi que você sonhou?

Meu pai. Mas eu não quero falar sobre isso. Quero?

Não. Não quer. Acho que não.

Mas eu acordei tão bem.

Eu passei mal.

O porteiro me disse alguma coisa quando eu desci para comprar pão. E tinha um belo serviço na calçada.

Obra sua?

Obra minha.

O que é que se passa?

Não posso beber. Mas eu vivo me esquecendo disso.

Você é doente?

Todo mundo é. Não é o que você vive dizendo?

Mais ou menos. Você melhorou?

Melhor agora, sim.

Quer almoçar comigo? Eu sempre almoço aqui perto de casa.

O restaurante não tem nome. Uma pequena porta aberta para uma espécie de alpendre tomado por mesas e cadeiras de metal, ventiladores afixados nas paredes, ligados e girando, e uns poucos fregueses solitários, cada qual a uma mesa, alheios a tudo. Não chega a ser uma sala comercial, mas algo como a varanda da casa de alguém improvisada para se tornar um restaurante.

Hugo e Renata sentam-se a uma mesa próxima do caixa e um garçom se aproxima. É um rapaz albino.

Boa-tarde, diz. O que vão querer?

Eu quero uma macarronada. E uma Coca-Cola em lata.

E o senhor?

Peito de frango grelhado e salada, por favor.
E para beber, senhor?
Água sem gás.
Estamos sem água, senhor.
Refrigerante, então. Coca-Cola.
Sim, senhor.
Assim que o garçom sai para providenciar os pedidos, Renata comenta:
A água está acabando. De novo.
Acho que só acabou aqui.
Não sei. Espere sempre pelo pior.
Você parece conhecer o garçom.
Por que diz isso?
Sei lá. Tive essa impressão.
Eu almoço aqui pelo menos uma vez por semana. Ele é filho adotivo do dono. Meu pai jogava futebol com o dono daqui todo sábado de manhã. Formavam um time de viúvos e jogavam contra o time dos casados, o time dos solteiros e o time dos divorciados.
Uma liga, pelo jeito.
O que vai fazer amanhã? Escrever seu quadro de humor?
Estou de férias. Estão passando reprises. O programa só volta em maio.
Você quase nunca fala dele.
Do programa?

Do cara com quem você mora.
É. Eu quase nunca falo dele.
Vocês moram juntos.
Quase não nos vemos.
Isso não é mais um casamento.
Não, não é. Foi, no começo. Depois foi mudando até se transformar nisso. Eu sofri um pouco, gostava dele. Depois passou. Acho que não vai demorar muito para ele dar o fora.
Mas ontem você fez questão de dizer que mora com um cara.
É porque eu moro com um cara.
Mais ou menos, pelo jeito. Vocês ainda transam?
Não. Faz um bom tempo que não.
Ele deve ter outra pessoa.
Pode ser. Eu não sei.
Por que não conversa com ele e resolve isso logo de uma vez?
Ele é um bom sujeito.
O que isso quer dizer?
Que não vai ser fácil conversar com ele e resolver isso logo de uma vez.
Também não é fácil não conversar com ele e não resolver isso logo de uma vez.
Acho que tem razão.
O que você vai fazer?

Não sei. Acho que ele vai dar o fora mais cedo ou mais tarde. Acho que eu vou chegar em casa um dia e ele vai ter evaporado. Ele e as coisas dele. Eu não sei.

Você vai esperar isso acontecer?

Ele é como você.

Como eu?

Passadista. Curte maconha, LSD, essas coisas.

E o que mais ele usa?

Acho que heroína, também. Mas não é sempre. Um amigo me disse que a heroína brasileira é uma das piores do mundo. Que os laboratórios são todos sujos. Subornam as agências reguladoras e sintetizam a droga de qualquer jeito. Não têm controle nenhum.

E a maconha? Não são os mesmos laboratórios?

É diferente. Muita gente usa maconha. Heroína é a droga dos novos retirantes, dos miseráveis, dos desempregados. Ela é barata. Você sabe, é um troço muito forte e muito fácil de ser sintetizado. A maior parte das pessoas que usam não tem como reclamar da qualidade. Os nossos conterrâneos se esbaldam. Ou *ex*-conterrâneos.

Por que "ex"?

Porque os lugares de onde viemos e de onde eles vieram não existem mais. Já falamos sobre isso.

É verdade. Já falamos sobre isso.

Um deserto no coração do país.

O garçom traz o almoço.

Você se lembra do meu pai?, ela pergunta.

Sim. Ele vinha sempre, você com ele.

Eu não me lembro o que ele costumava comer. Você se lembra? Digo, quando a gente vinha aqui. O que ele comia? Você se lembra?

O garçom pensa ou finge pensar um pouco e responde: Não. Querem mais alguma coisa?

Não. Obrigada.

Enquanto come, Hugo olha para fora, para a nesga de rua que a porta estreita do restaurante lhe permite entrever. O trânsito parado outra vez. Como se tivessem combinado, ficam em silêncio durante toda a refeição. Apenas quando terminam é que ele diz:

Conheço a sua cidade.

Minha cidade?

Ibotirama. Você nasceu lá, não foi?

Foi. Vim para São Paulo com treze anos.

Eu passei por lá, por Ibotirama. Tinha uns dez anos. Estava indo para Salvador com os meus pais, de carro. Passamos a noite em Ibotirama, em uma pensão.

Qual era o nome da pensão?

Eu não me lembro. Era bem simples e pequena, mas confortável. Eu fiquei em um quarto, sozinho, e meus pais em outro. Não tinha televisão no quarto. Passei boa parte da noite lendo.

O que você leu?

Quadrinhos.

Que quadrinhos?

Batman. *As dez noites da Besta.*

Vocês estavam indo para o litoral?

Era. Barra Grande. Você conhece Barra Grande?

Não.

Foi quando eu beijei uma menina pela primeira vez. Nessas férias em Barra Grande.

Qual era o nome dela?

Fabiana. Ela era daqui de São Paulo, acho. Foi horrível quando fomos embora. Eu estava apaixonado.

Ela também?

Não sei. Acho que não.

Renata acende um cigarro. O garçom se aproxima e pergunta se pode recolher os pratos.

Pode, sim, ela diz. A falta de água é geral?

Estão racionando.

Estão sempre racionando.

Pois é. O que eu sei é que no mercado a gente só encontra engradados com a data de validade estourada.

Quando afinal deixam o restaurante e saem caminhando sem rumo pela calçada, contemplando a interminável fila de carros parados em todas as ruas da vizinhança, Hugo pensa no sonho que teve, no qual sobrevoava São Paulo e não havia sinal daquela confusão. A cidade deserta e silenciosa. Depois de nós, pensa. Depois de *tudo*.

Eu estava pensando, diz Renata, que a gente podia visitar o Museu da Calamidade amanhã. Você já foi lá?
Não. Nem sei onde fica.
Nos Jardins, na Lorena. Eles têm vídeos e fotos e documentos das vítimas, coisas que os sobreviventes trouxeram das áreas afetadas. Tem algumas fotos de Ibotirama lá, acredita? Deve ter alguma coisa da sua cidade, também.
Silvânia.
Silvânia? Era assim que se chamava a sua cidade?
Era. Era assim.
E como era Silvânia?
Saí de lá com dezessete anos.
Não foi isso que eu perguntei.
Eu sei que não.
Como era Silvânia?
Feia. Pequena. Mas estava crescendo, acho. Ou não. Meus pais gostavam de lá. E meus amigos. Eu nunca gostei. Eu sempre quis sair.
E nunca quis voltar para lá?
Agora, depois de tudo?

Agora, depois de tudo.
A cidade morreu, não existe mais.
Seus pais, seus amigos, parentes.
Os amigos e parentes eu não sei, mas o Exército me notificou da morte dos meus pais logo no começo. Quero dizer, logo que eles chegaram por lá e começaram a catalogar os mortos.
Caminham em silêncio por alguns metros. Dobram à esquerda e começam a subir a Augusta. Duas garotas muito jovens saem de uma lanchonete e atravessam a rua. Começam a brigar quando chegam à outra calçada. As pessoas formam um círculo silencioso ao redor delas. Ninguém diz nada. Não há gritos. Ninguém procura separá-las. Elas rolam pela calçada, sobram socos, pontapés, mordidas. Elas são muito parecidas. De onde Hugo e Renata estão, do outro lado da rua, observando a briga por uma pequena falha no círculo humano, parecem gêmeas. Uma delas, com um corte profundo na testa, grita algo ininteligível e se dá por vencida. A outra se levanta, arranca a bolsa da oponente, abre e despeja todo o conteúdo na calçada. Em seguida ela se abaixa e pega um pequeno frasco, bebe todo o conteúdo e sai correndo rua abaixo. A garota que ficou no chão não se mexe. Renata e Hugo voltam a caminhar. A fila de carros permanece imóvel.

O espaço era uma livraria. Hugo se lembra muito bem disso. Há dez anos, ele adentrou o lugar à procura de um exemplar de *Casa entre vértebras*. O autor, Wesley Peres, era goiano como ele. Uma colega de faculdade o indicara para Hugo. Ele comprou o livro e saiu à rua com uma tremenda vontade de se sentar em algum lugar, tomar alguma coisa e iniciar logo a leitura.

Não é romance, não é poesia, e é todas essas coisas ao mesmo tempo, dissera a colega. Só lendo para você entender o que eu quero dizer.

Entrou em uma pequena lanchonete, ali mesmo na Lorena, pediu um cappuccino e começou a ler. Não era romance, não era poesia, e era todas essas coisas ao mesmo tempo. Alguém escrevendo cartas, ou rascunhos de cartas, para uma certa Ana, e essas cartas (ou rascunhos ou poemas) divagavam sobre o amor, a morte, a própria linguagem.

Lendo os primeiros fragmentos ou capítulos de *Casa entre vértebras*, Hugo pensou que aquele era uma espécie muito peculiar de livro apocalíptico. Se a palavra, conforme dizia a epígrafe de Roberto Juarroz, é o único pássaro que pode ser igual à sua ausência, aqueles fragmentos tracejavam pessoas e coisas e sentimentos que, muito embora manifestos ali, já não eram, estavam ausentes ou, em última instância, mostravam-se intraduzíveis. Palavras que não diziam, presenças ausentes, fraturas na e da própria linguagem, expostas no livro desde a sua estrutura. Por mais que tentasse, Hugo não conseguia, de fato, significar tudo aquilo. O livro acabou se tornando, para ele, uma sucessão de pressentimentos, como se trouxesse, nas entrelinhas (e ele era todo entrelinhas), a notícia do *fim*.

Quando as notícias desencontradas e catastróficas sobre a Calamidade tomaram de assalto os meios de comunicação, como se elas próprias, notícias, fossem novos sintomas da própria Calamidade, Hugo imediatamente se lembrou do livro. O que sentiu ao saber que sua terra e boa parte do país foram arrasados e que seus parentes e conhecidos estavam muito provavelmente mortos foi algo semelhante à angústia que o acometera ao ler *Casa entre vértebras* pela primeira vez. Ele não conseguia abarcar aquele acontecimento, torná-lo digerível ou sequer palatável.

Em meio ao caos interior e ao desespero ligado à impotência (não havia nada que pudesse fazer, nem meios de saber notícias dos parentes e conhecidos), Hugo pensou que talvez obtivesse algum consolo se relesse o livro, como se duas coisas que ele não conseguia processar e digerir (o livro e a tragédia), uma vez somadas, levassem a uma terceira perturbação, uma perturbação extrema, mas passível de ser decifrada, decomposta, compreendida. Ele precisava de uma senha para chegar ao sofrimento e, uma vez nele, sentir-se humano, tangível, menos gratuito.

Correu até a estante, mas o livro não estava lá. Lembrou-se, então, de tê-lo emprestado a um professor, que nunca o devolveu. Sem pensar no que fazia, lançou mão de uma agenda dos tempos da faculdade e procurou pelo telefone do professor. Não foi difícil localizá-lo. Ligou e teve sorte. Uma voz cansada, velha:

Sim?

Hugo se identificou, mas o velho professor a princípio não se lembrou dele. Foi preciso aludir a uma série de coisas muito específicas (por exemplo: em uma certa eleição do centro acadêmico que terminou em pancadaria, Hugo salvou o professor de levar uma cadeirada; um polêmico artigo escrito por Hugo acerca da postura do então reitor e que quase lhe custou a expulsão, não fosse a intervenção enérgica de alguns professores, dentre eles esse com quem Hugo agora conversava) para que o velho se lembrasse dele. Feito isso, ele instantaneamente se lembrou do livro emprestado e nunca devolvido:

Tem um livro seu aqui entre os meus.

O velho morava em Pinheiros. Recebeu Hugo com um abraço. Sentaram-se à mesa da cozinha, sobre a qual jazia o exemplar de *Casa entre vértebras* e um bule cheio de café. Ele confessou não ter lido todo o livro:

Eu me chateei um pouco, na época. E nunca tentei ler outra vez. Eu me lembro do jeito como você se referia e ele.

E como era?, Hugo perguntou, servindo-se de café.

Era impossível saber se você tinha gostado ou não do livro. Você dizia um monte de coisas, teorizava, dava voltas, mas eu não conseguia entrever naquele seu discurso aprovação ou reprovação. O livro confundiu a sua cabeça direitinho.

É verdade.

Mas eu não consegui ler, como disse. Estava numa fase complicada, andava impaciente. Tentei algumas páginas e desisti.

Esse livro me perturbou um bocado. Era como se eu nunca conseguisse me aproximar dele de fato e, ao mesmo tempo, estivesse lá dentro. É mais ou menos como eu me sinto com tudo isso que vem acontecendo.

Você quer dizer...

O senhor sabe, eu... eu sou goiano.

Sua família?...

Toda ela, sim. Pelo menos é o que parece.

O velho respirou fundo e recostou-se na cadeira. Não sabia o que dizer. Hugo tomou um gole de café e encolheu os ombros, como se dissesse: Fazer ou dizer o quê?

Eu... eu sinto muito, disse o velho depois de um tempo.

É complicado chorar defuntos ausentes, não é?

É. Bastante.

Pois é. É como se tudo isso estivesse e não estivesse acontecendo comigo. Daí eu me lembrei desse livro e do que senti quando o li. Guardadas as devidas proporções, são perturbações parecidas. Daí eu senti vontade de reler.

O velho respirou fundo, esfregou o rosto com as mãos como se estivesse acordando naquele momento e perguntou:

Você... não recebeu nenhuma notícia de lá? Dos seus familiares, ou sobre eles?

Nada. Na verdade, acho que ninguém sabe direito o que está acontecendo. A imprensa, para variar, arma esse circo todo. E o governo, antes de dizer qualquer coisa, quer primeiro se certificar de que não teve culpa. Então, não dizem nada. Nenhuma informação relevante.

Você está péssimo, disse o professor quando se despediam, minutos depois. Como se os seus dentes, e não os dos outros, é que estivessem enegrecendo.

Releu *Casa entre vértebras* e, muito embora tenha sentido as mesmas dificuldades que da primeira vez e isso não o tenha ajudado em nada a racionalizar o que quer que fosse, sentiu-se estranhamente consolado. Como se, na penumbra confusa em que se encontrava, em vez de acender uma luz, tivesse todas as outras apagadas de vez. Assim, não se aproximou de tudo aquilo, mas sentiu-se afastar mais e mais.

Quando, semanas depois, os nomes de seus pais apareceram nas listas de mortos divulgadas pelas Forças Armadas, foi como se soubesse, com enorme atraso, da morte de parentes distantes e com os quais nunca tivera muito contato. Entre Hugo e a Calamidade, construiu-se uma espécie de muro, e tal afastamento traduzia-se não em uma tristeza avassaladora e momentânea, comum aos que perdem entes queridos, mas em uma melancolia cansada, monocórdia, onipresente, eterna, nem grande demais, nem pequena demais.

E agora, adentrando com Renata o espaço que fora uma livraria e agora é o Museu da Calamidade, Hugo pela primeira vez se sente próximo da tragédia, como se pudesse, de fato, vê-la diante de si e mensurá-la, a anos-luz dos filtros televisivos e da frieza cautelosa dos informes oficiais. Pela primeira vez, sente o hálito gélido de seus mortos e, ao mesmo tempo, encontra uma ponte entre o vazio que sente e o vazio que eles, uma vez mortos, passaram a representar.

Enquanto percorrem a galeria e contemplam fotos e vídeos dos lugares devastados, verdadeiras cidades-fantasma, ele pensa que aquelas imagens, a exemplo das imagens erigidas por Wesley Peres em seu livro, esvaziam ainda mais aquilo que focam ou tocam. O apocalipse é isto, ele pensa. Um evento que esgota tudo aquilo que se aproxima dele no intuito de traduzi-lo em imagens ou palavras. Um evento diretamente proporcional à sua própria ausência. Um evento igual à sua própria ausência.

Assim, Hugo ao mesmo tempo reconhece e desconhece alguns daqueles lugares. Reconhece os nomes que informam as legendas, mas não o que vê nas telas. Esteve em alguns daqueles lugares, mas é como se não tivesse estado, como se aqueles espaços, tão gritantemente desolados, jamais tivessem existido. Param diante de uma fotografia em preto e branco, a imagem de uma estrada e o céu baixo, fechado. Um mundo vazio, irrealmente deserto. É quando ele se vira para Renata e diz:

Agora eu entendi.

SEGUNDO BLOCO / corpos

Crianças. Ele tem certeza: são duas crianças. Ele acha que. Não: de onde está não pode ter certeza de coisa alguma.

Mas são duas crianças, sim. Um pouco mais próximas agora.

Duas crianças muito pequenas e muito jovens brincando na distância.

Ele não tem certeza de que estejam brincando. Talvez estejam brigando. Brigando por comida ou por uma peça de roupa, um calçado.

O sol baixo, quase se pondo.

As crianças entre ele e o sol. Duas sombras diminutas correndo de um lado para o outro.

Como se surgidas do nada ou do chão. Num momento não há nada e no momento seguinte elas estão ali, a oitocentos metros ou menos, brincando ou brigando, correndo de um lado para o outro.

Entre ele e o sol.

Ele está ali há quase doze horas, as vistas embaçadas e o corpo pregado, apagando de vez em quando feito uma lâmpada mal conectada.

Esfrega os olhos com as costas da mão esquerda e olha ao redor.

Ninguém além dele e das crianças.

A ordem é não fazer nada caso permaneçam a distância, caso ninguém se aproxime e peça ajuda, peça alguma coisa. Não fazer nada, sejam crianças ou velhos. As pessoas precisam se aproximar e se identificar e dizer o que querem, comida, remédio, alojamento, transporte, o que for.

Duas crianças, na distância.

Ele não pode abandonar o posto e ir até elas a fim de saber o que querem, se é que querem alguma coisa; não pode abandonar o posto e ir até elas para ver o que está acontecendo.

Não acontece muito. O pior já passou. A coisa foi controlada. Tarde demais para a maioria, mas controlada. Estão ali agora. E as pessoas, algumas pessoas.

Como aquelas crianças.

Uma delas, a menor, é empurrada pela outra e cai no chão. Estão brigando, agora ele tem certeza. A criança maior ergue um dos braços, desfere um soco na criança menor. Depois, endireita o corpo e segura alguma coisa, impossível ver o que é. Leva essa coisa à boca. A criança menor grita e em seguida se levanta e chuta as pernas da maior e ensaia correr, mas para depois de quatro ou cinco passos ao perceber que a maior não está em seu encalço.

O pior já passou. Limpar as cidades. Enterrar os mortos. Cadastrar, vacinar e alimentar os poucos sobreviventes. Construir os centros comunitários. Pacificar a região. O pior já passou, o mais trabalhoso.

Os mortos com seus dentes enegrecidos, descobertos, como se tivessem morrido no meio de um grito.

As duas crianças agora caminham na direção dele.

Doze horas encarando o vazio. Melhor do que limpar latrinas. Melhor do que ajudar na enfermaria. Melhor do que trabalhar na cozinha. O vazio é o que há.

Nove, dez anos. Dois meninos. Um maior, outro menor. Magérrimos. Imundos, descalços. O nariz do menor está sangrando. O maior mastiga alguma coisa. Param a alguns metros dele, do outro lado da pista, e olham para o portão fechado. O portão fechado às costas dele. Ele pega o comunicador com a mão esquerda e diz:

Dois pequenos aqui fora. Sozinhos.

Eles não disseram nada. Não pediram ajuda, sequer se aproximaram realmente. Mas ele está entediado. Fazer alguma coisa, qualquer coisa. A ordem é aguardar, alguém está a caminho. Ele guarda o comunicador no bolso e pergunta aos dois:

Com sede?

Eles balançam a cabeça: sim. Ele pega o cantil e mostra para eles. Atravessam a pista. O maior pega o cantil, bebe e passa para o menor. Este bebe e repassa o cantil para o maior. Este bebe e repassa para o menor. Esvaziam o cantil, empapando as camisetas imundas com a água que escorre pelos queixos. O maior devolve o cantil. Suas roupas estão esfarrapadas. A camiseta do menor é de um time.

De que time é essa sua camisa?, ele pergunta enquanto guarda o cantil.

O menor olha para o maior, que balança a cabeça (sim), e só então responde:

Vila Nova.

Vila Nova?

Não existe mais, esclarece o maior. Acabou.

O portão é aberto. Três soldados e um médico. Os meninos se encolhem, abaixam as cabeças. Ele diz ao médico:

Dei água para eles, senhor.

Conduzem as crianças para dentro. Antes de entrar, um dos soldados diz para ele:
Depois do jantar vai rolar uma canastra no refeitório. Está dentro?
Não sei. Preciso dormir.
Se quiser, é só aparecer.
Vão apostar?
Qual é a graça se não for pra apostar?
Se não estiver pregado demais, eu vou.
Falou.
Fecham o portão. Ele olha adiante. O sol na altura do chão agora, como se brotasse dele. Uma enorme planta alienígena. Ninguém mais. O cantil vazio.

O pior já passou.

Os locais, os poucos sobreviventes, já não procuram ajuda ali. Preferem os postos de apoio civis, os acampamentos dos organismos de ajuda internacional, os hospitais de campanha, os armazéns do governo, os centros comunitários. O Exército deveria permanecer na região fazendo as vezes da polícia, mas muito pouco acontece. Os arruaceiros e saqueadores e estupradores já foram quase todos pegos. Pouquíssimas ocorrências agora, pelo menos por ali. Agora são quarenta soldados, dez sargentos, um coronel, três médicos e seis enfermeiras. No início, eram dois mil soldados, cento e vinte médicos. A base será desativada em dois meses.

O sol finalmente desaparece. É dia embaixo dos meus pés, ele pensa. Do outro lado. Ou lá *dentro*.

São duas crianças, sozinhas, vindas sabe-se lá de onde. Antes, teriam sido cooptadas pelos Vinte e Três ou por outra gangue qualquer. Os Vinte e Três: vinte e três moleques, com idade variando entre os onze e os dezessete, órfãos, aproveitando o caos inicial para, armados, atacar chácaras e fazendas.

A base foi montada logo que deram a Calamidade como controlada. Risco zero de novos contágios. A vacina funcionava. A prioridade era auxiliar os sobreviventes, fornecer abrigo, alimentação, e limpar as cidades. A limpeza incluía pacificar a região, impedir que os crimes e tumultos ganhassem as proporções que tinham mais ao norte. Sufocar os arruaceiros a qualquer custo. Havia várias gangues menores, todas seguindo o exemplo dos Vinte e Três. Estes seriam usados como exemplo.

Sufocar a qualquer custo, de qualquer maneira. Já temos problemas demais, disse o coronel.

Os Vinte e Três se sentiram importantes. Alvos prioritários, caçados por uma unidade inteira do exército. Coisa que, em vez de torná-los cautelosos, fez com que agissem com fúria redobrada. Invadiram uma fazenda a meros três quilômetros da base. Mataram o fazendeiro, estupraram mulher e filhas, uma delas de onze anos. Roubaram comida, roupas, uma arma. Passaram a noite. Obrigaram a mulher a cozinhar. Levaram a menina de onze anos. O líder disse que faria dela a sua esposa. Isso foi poucos meses depois da Calamidade. Os mortos ainda muito vivos nas memórias com seus dentes negros em suas bocas escancaradas, suas mortes quase instantâneas. Ainda flutuando sobre tudo, presentes.

Era como se os Vinte e Três dissessem: O fim do mundo veio e foi embora. O que acontece depois do fim do mundo?

O coronel destacou cinquenta homens para caçá-los. Três semanas após o ataque à fazenda, foram encontrados em uma chácara abandonada, nos arredores da antiga capital.

Ninguém foi poupado.

Depois disso, incidentes isolados. Nada sequer remotamente organizado.

Sempre haverá gente desesperada, disse o coronel. Sobretudo aqui, depois do que aconteceu.

O que aconteceu. O que acontece depois do fim do mundo.

O fim do mundo veio e ficou, pensa Alexandre. Os mortos e os vivos se acotovelando diante do vazio.

Os mortos e os vivos se acotovelando *dentro* do vazio. O vazio: uma boca aberta nas memórias de todos. Uma boca aberta, os dentes enegrecidos.

Dentes negros.

Alexandre balança a cabeça. Não quer pensar nessas coisas. Mas é impossível.

O que acontece depois?

Encontraram a menina de 11 anos em um dos quartos, amarrada. Sangue seco nos cabelos, roupas rasgadas. Olhos fixos no teto, sorrindo. Enlouquecida.

O fim do mundo veio e ficou e, de repente, tudo se tornou possível. O fim veio e ficou, veio para ficar. Não vai a lugar algum. Instalado, acomodado. Não irá embora. Será o fim por toda a eternidade. O que acontece, acontece *durante* o fim.

Isto é o fim, ele pensa. E o fim nunca termina.

O portão é aberto. Está escuro. Um vulto de arma na mão se aproxima e diz, mastigando alguma coisa:

Tá liberado, Alexandre. Eu assumo.

Eles se reuniram na feira coberta como se atendessem a um chamado, como se tivessem combinado alguma coisa para depois que o mundo acabasse, e agora, o mundo acabado, seguissem passo a passo uma série de instruções passadas e repassadas entre si. Enxugadas as lágrimas, contidos os tremores e controlado o pânico, rumaram todos para o mesmo local.

As pessoas morrendo ao redor. Pais, vizinhos, irmãos, primos. Em suas casas, pelas ruas, nos mercados, bancos, lojas. Os dentes enegreciam, o corpo inteiro enrijecia e paravam de respirar. A coisa não demorava muito. Quatro ou cinco minutos, se tanto.

Eles encheram suas mochilas escolares de comida, pegaram as bicicletas e saíram pedalando pela cidade, a princípio sem rumo aparente, depois ao centro da cidade, à avenida Mário Ferreira, à feira coberta.

Como se atendessem a algum chamado, como se tivessem combinado, as instruções passadas e repassadas, todos para o mesmo local.

Um ou outro pegou o revólver do pai, arrombando a gaveta trancada da escrivaninha ou fuçando na parte mais alta do guarda-roupa, sopesando a arma no útero da casa morta, apontando para o próprio reflexo assustado no espelho.

E se eles virarem zumbis, como nos filmes? Atirar na cabeça do próprio pai, da própria mãe, dos próprios irmãos, dos amigos?

Pães, presunto, frutas, garrafas cheias de água, um agasalho, meias limpas.

Ao fim do dia, eram vinte e três sob o telhado de zinco do galpão onde antes era montada, aos domingos, todos os domingos, a feira. Vinte e três garotos de costas para a cidade, olhando uns para os outros ou para o chão, nunca para trás, nunca para as ruas circundantes, jamais para o que lhes parecia o fim de tudo e o começo do nada, o vácuo, o início de uma vida aparentemente impossível, insuportável.

Não se ouvia absolutamente nada, ruído algum. Eles estavam tão assustados que permaneciam em silêncio, mãos nos bolsos, cabisbaixos, imóveis, e sequer ousavam se perguntar ou perguntar a outrem o que tinha sido aquilo, o que era aquilo, por que estava acontecendo, como terminaria, se era o fim de tudo, se estavam, também eles, mortos sem saber.

Passado um tempo, e sem que nada fosse dito, organizaram-se em pequenos círculos e, sentados no chão, descarregaram as mochilas. Dividiram tudo e se puseram a comer enquanto a noite caía, a comer em silêncio, olhando fixamente para a comida, pedaços de pães e de frutas, as mãos ainda um pouco trêmulas e os ombros encolhidos como se atravessassem uma tempestade.

Não entendiam o que se passara, não conseguiam raciocinar ou sequer imaginar o que era. Para alguns, era menos pior pensar que tinham morrido, que estavam mortos, e com esse pensamento sorriam timidamente, no fundo felizes por existir comida também ou mesmo ali, na morte. Aos poucos, levantaram a cabeça e olharam ao redor, reconhecendo um ou outro colega de escola, o vizinho de alguém, o funcionário de tal loja, o ex-namorado de uma prima e assim por diante.

Não estavam sozinhos.

Quando terminaram de comer, um deles, não o maior ou o mais velho ou sequer o mais forte, colocou-se de pé e disse que não poderiam passar a noite ali, que precisavam achar um bom lugar para dormir. Havia um hotel na Mário Ferreira, a poucos metros de onde estavam. Todos concordaram que o melhor a fazer era todo mundo ir para lá.

Havia gente morta na recepção, na cozinha e em alguns dos quartos. Nove cadáveres de dentes enegrecidos. Colocaram todos na carroceria de uma caminhonete que estava parada defronte ao hotel. O motorista estava morto na cabine. Também o colocaram na carroceria. Dos vinte e três, nove sabiam dirigir. Um deles assumiu a direção da caminhonete. Outros quatro foram com ele. Fizeram uma ronda pelas ruas próximas, catando os corpos que encontravam ao relento e jogando na carroceria. Em menos de dez minutos, não havia mais espaço. Pararam em um posto e encheram um galão com gasolina. Depois, seguiram para uma das saídas da cidade e descarregaram os corpos no mato e atearam fogo. Ficaram um tempo olhando as chamas, engolindo o choro. Quando o cheiro se tornou insuportável, voltaram para o hotel.

O garoto que havia sugerido que fossem para o hotel tornou-se o líder porque tudo o que dizia parecia sensato aos demais. Era um garoto mirrado de uns catorze anos, usava óculos, nunca levantava a voz e dava ordens de tal maneira que as ordens não pareciam ordens, mas sugestões muito bem-vindas que todos acatavam com prazer. Possuía uma autoridade natural, tranquila, que nunca parecia impositiva ou forçada. Era muito fácil obedecê-lo.

Ele dividiu o grupo em duplas e trios. Ficou acertado que na manhã seguinte conseguiriam mais carros, de preferência caminhonetes, e depois iriam aos supermercados e lojas. Deviam buscar roupas, água e comida. Naquela mesma noite, o líder foi com outros dois ao batalhão de polícia militar. Pegaram todas as armas que encontraram, a maior parte delas dos próprios soldados estirados no chão.

Passaram duas noites no hotel. Durante o dia, circulavam pela cidade saqueando lojas e mercados, invadindo casas, ateando fogo aos corpos que encontravam. Toparam com alguns sobreviventes deixando a cidade, ofereceram água e comida. Diziam:

A cidade agora é nossa.

Na manhã do terceiro dia, alguns deles encontraram três garotas escondidas em uma casa na rua 24 de Outubro. Estavam aterrorizadas. A princípio, eles queriam apenas ajudar. Quando uma delas, completamente descontrolada, acertou um deles com um porrete, foram arrastadas aos gritos para o hotel. Todos os que estavam lá se serviram delas. Nove garotos entediados. Esfomeados.

Quando o líder chegou, horas depois, estavam brigando porque cada um deles queria essa ou aquela garota exclusivamente para si. Elas estavam nuas, amarradas às camas em um quarto qualquer, mais mortas do que vivas.

Em que quarto?, o líder perguntou.

Disseram o número. O líder respirou fundo, como se estivesse muito cansado. Ficou parado por um momento, fitando o chão. Os outros se entreolharam, imaginando que ele escolheria uma delas para si e sortearia as outras duas ou coisa parecida.

Mas não.

Sem dizer palavra, o líder foi até o quarto onde elas estavam e atirou em suas cabeças.

Depois, reuniu todos na calçada defronte ao hotel e disse que precisavam ir embora, deixar a cidade, que era mais seguro fora, no meio do mato, que já não havia mais nada ali para eles. Os sobreviventes tinham deixado a cidade. Eles também eram sobreviventes, precisavam fazer o mesmo. A cidade estava morta. Uma última ronda pelos mercados, pegar o que pudessem, encher os tanques dos carros e partir.

De fome a gente não vai morrer, disse.

Todos concordaram.

Alexandre não quer jogar nada. O corpo moído, faminto, os olhos ardendo. Alexandre não quer saber de jogar nada.

A primeira coisa que faz ao adentrar o alojamento é dizer aos outros que está fora. Tentam convencê-lo, mas ele repete:

Estou fora.

Tudo o que quer é tomar banho, comer alguma coisa e dormir. Antes, contudo, vai até a enfermaria. Um médico, sentado a uma mesa, joga paciência na tela de um laptop.

Senhor?, ele diz assim que põe os pés ali dentro.

Eles estão bem, diz o médico antes mesmo que ele pergunte qualquer coisa e sem desviar os olhos do jogo. O menor estava desidratado, mas nada grave.

Alexandre agradece e volta para o alojamento. Deitado na cama, dando um tempo antes do banho, pensa que não chega a ser um final feliz em meio a toda aquela desgraça. Duas crianças sozinhas. Em dois meses, a base será desmontada. Antes disso, elas serão enviadas para algum centro do governo. Lugar de órfãos. Fossem mais novas, poderiam ser vendidas. Lugar de pequenos crânios. Uma extensa rede de tráfico e coisa e tal. O governo fazendo vista grossa, como sempre. Crianças demais, órfãos demais. Ótimo que casais suecos e finlandeses e franceses desafoguem a coisa. Grande oferta, enorme procura. Nada contra, ele pensa. Boa vida lá fora. Melhor que aqui, pelo menos.

Tomar banho. Ele se senta na cama e descalça os coturnos. Não sente mais fome. Se for ao refeitório, a galera reunida vai insistir para que ele jogue. Ele não quer jogar nada. Com a toalha nos ombros, a roupa limpa debaixo do braço esquerdo, caminha em direção aos chuveiros.

O lugar está deserto. Muito cedo ou muito tarde.

Enquanto se despe, olha na direção das pequenas janelas, no alto da parede. A noite já caiu inteira. Muito tarde, então. Abre o chuveiro e o jato de água gelada atinge sua nuca em cheio.

A base foi instalada à beira de uma rodovia, a oitenta quilômetros de Goiânia e a duzentos de Brasília. Ao todo, na enorme região afetada, instalaram noventa e três bases como aquela. Usaram o prédio de uma autopeças que existia ali e construíram outros dois, um para a enfermaria e outro para guardar os veículos. Cercaram tudo com um muro enorme e a base serviu muito bem, sobretudo nos primeiros meses. Não há muito mais o que fazer agora. A coisa foi controlada.

Alexandre pensa nas primeiras semanas ali. Erguendo paredes, recolhendo e catalogando corpos nas cidades vizinhas, transportando sobreviventes, saindo à caça de bandidos. O pior foi o dia em que encontraram três corpos em um hotel de Silvânia. Três garotas, três tiros na cabeça. Nuas, amarradas nas camas.

Ele se veste e volta para o dormitório. Três meninas. Três meninas para quem sobreviver à Calamidade foi um péssimo negócio. E não: elas não sobreviveram à Calamidade.

Deita-se na cama, exausto. Todos no refeitório, jogando. Ele não quer jogar nada. Quando está quase pegando no sono, percebe alguma agitação. Lá fora, pensa. Sempre lá fora. Passos, ordens, correria.

Talvez sejam eles. Os mortos.

Os mortos se levantaram e querem entrar. Mas por que os mortos iam querer entrar ali?

Ele imagina as hordas de mortos tomando de volta as cidades, vagando pelas ruas e estradas, sorrindo debilmente uns para os outros.

Mas por que os mortos iam querer voltar para cá? Para *isto*?

Alexandre se levanta, veste as calças, coloca os coturnos. Quer saber o que está acontecendo lá fora.

Lá fora. Sempre lá fora.

A mais velha tinha dezessete, as outras duas tinham quinze e treze anos, e estavam todas em casa quando aconteceu. O pai estava na copa, tirando a louça do almoço porque a empregada não aparecera, e elas estavam na sala assistindo a um filme. O som de pratos e copos caindo no chão e se espatifando fez com que elas pausassem o filme. A mais velha correu para ver o que estava acontecendo. Ela imaginou que o pai tivesse escorregado ou coisa parecida. A primeira coisa que viu foram as pernas dele se debatendo como se ele estivesse se afogando. Rodeou a mesa e viu o pai estatelado no chão, braços abertos, abrindo e fechando a boca feito um peixe fora d'água. Seus olhos estavam revirados e ele não conseguia emitir som algum. Os dentes, negros. Ela demorou um pouco, petrificada, para finalmente gritar. As outras duas vieram correndo. Ele já quase não se debatia e em nenhum momento pareceu vê-las ali. A mais velha correu até um dos quartos, pegou um cobertor e voltou para cobri-lo. A mais nova voltou para a sala e ligou para o hospital, mas ninguém atendeu. Ligou, então, para o médico da família, mas ele também não atendeu. Ligou para parentes, amigos, e nada. Ao fim de dois minutos, estava em pânico, batendo na parede com o aparelho telefônico. Quando se virou, as irmãs estavam diante dela, lívidas, balançando as cabeças e tentando lhe dizer alguma coisa.

Que foi? Que foi?, ela perguntou.

Ele... ele... ele... parou, disse a mais velha.

Ela levou as duas mãos ao rosto e chorou. A mais velha fechou a porta que dava para a copa. Por muito tempo, não disseram coisa alguma. Ficaram quietas, em poltronas diferentes, chorando e tremendo. Depois de um tempo, a mais nova disse que não podiam ficar ali.

A gente não sabe o que está acontecendo, argumentou a do meio.

Por isso mesmo, disse a mais nova. A gente pega o carro e vai para a chácara.

A mais velha se levantou e ligou a televisão. Os jornalistas sabiam tanto quanto elas, como se aquela sala fechada e as redações dos telejornais se equivalessem, fossem cômodos de uma mesma grande casa. Alguma coisa estava acontecendo. Algo grande e terrível demais estava acontecendo.

Ao norte, na região centro-oeste, em parte do nordeste. Tudo o que diziam era que a coisa não avançaria muito mais. Que estavam fazendo o possível. Que tudo ia se resolver. E que logo os sobreviventes receberiam socorro.

Viu?, disse a do meio. Vão mandar ajuda.

A gente não sabe quando, disse a mais nova e recomeçou a chorar. A gente não sabe o que é isso. Nem eles sabem. Só ficam... dizendo coisas.

A mais velha foi à cozinha e à despensa. Passou pelo corpo do pai, mas não olhou na direção dele. Está coberto, pensou. E morto. Está coberto e morto. Coberto e morto. Por um segundo, foi como se o visse se debatendo, sufocando outra vez. O que era aquilo com os dentes dele? Segurou o choro e seguiu para a despensa. Tinham comida para dois, três, talvez quatro dias. Voltou à sala.

A gente tem comida para alguns dias. Acho melhor esperar. Se não acontecer nada, se ninguém vier ajudar, a gente vai para a chácara.

Quando?, perguntou a do meio.

Depois de amanhã. Pode ser?

Elas concordaram.

Dormiram juntas na cama de casal do pai. Na manhã seguinte, a mais velha e a do meio reuniram a coragem necessária para voltar à copa e arrastar o corpo do pai para fora dali. A do meio chorava. Arrastaram o corpo para o quintal. A mais nova ficou na sala assistindo à televisão.

Parece que vão arranjar uma vacina ou coisa parecida, disse. Para a doença não continuar se espalhando.

E como é que vão fazer isso?, perguntou a mais velha.

Pegando alguém como nós.

Como assim?

Gente que está nas áreas infectadas, mas que não adoeceu nem morreu. Como nós. Parece que nem vão ter tempo de testar direito, mas acham que vai funcionar. As pessoas pararam de morrer.

Pararam?

Parece que sim. A coisa parou de se espalhar. Ninguém mais vai morrer.

Pela primeira vez desde que aquilo tudo começara, as três sorriram. A mais velha respirou fundo e disse: Tudo vai ficar bem. Tudo vai ficar bem. As outras concordaram. Elas se abraçaram e choraram juntas por um bom tempo, repetindo que tudo ia ficar bem, que ninguém mais ia morrer.

O carro está tão avariado quanto o motorista. Buracos de balas, fumaça, vidros espatifados. É quase meia-noite quando se aproxima pela rodovia, sem faróis, ziguezagueando sob a lua cheia. O soldado pede reforços:

Veículo suspeito se aproximando. Repito: veículo suspeito se aproximando.

Tem maluco de todo tipo, ele pensa. Um maluco achou que ia ser bacana investir contra uma base do Exército. Tem maluco de todo tipo. Achou esse carro todo estourado e saiu por aí feito um bêbado. Talvez esteja mesmo bêbado.

O portão é aberto e nove soldados se juntam ao sentinela.

O carro se aproximou fazendo zigue-zague, ele diz aos outros. O motorista parece que tá mal, só não sei do quê. Pensei que fosse um bêbado ou um doido, mas, sei lá.

Tá todo detonado, diz um dos soldados. Olha a lataria.

O carro parou a trinta metros da entrada da base, no meio da pista. Nenhuma ameaça aparente. Os dez soldados se entreolham. Em seguida, cautelosos, sem dizer mais nada, aproximam-se do carro. A primeira coisa que veem é o corpo no banco do carona. Um deles vira o rosto, nauseado, e grita:

Médico!

Ajuda a gente, balbucia o motorista, um dos braços para fora do carro, como se tentasse acenar para alguém que estivesse indo embora, correndo sem olhar para trás.

A gente quem?, pergunta um soldado, direcionando a lanterna para o banco traseiro. A gente quem? Não tem mais ninguém aí dentro além de você e da...

O motorista foi atingido no ombro e, de raspão, na testa. Há sangue em todo o rosto. Ele não consegue enxergar direito. Há sangue em seus olhos. Fala como se a moça estivesse viva e precisasse de socorro imediato. Mas ela não precisa. A cabeça foi estourada. O tiro que a atingiu veio pela frente, estilhaçando o para-brisa e estourando sua cabeça.

Uma cabeça sendo atingida em cheio, pela frente. Um médico e dois enfermeiros se aproximam. Abrem a porta e examinam o motorista. Ele finalmente percebe que sua companheira de viagem está morta. Começa a chorar.

Culpa minha, balbucia. Eu trouxe. Ela quis vir, eu devia ter não... ela...

Colocam o motorista em uma maca e o levam para a enfermaria. Os soldados ficam ao redor do carro, avaliando o estrago. Um pneu estourado, os vidros todos, as luzes. Incrível que tenha chegado até ali. Ninguém ouviu tiro algum. Muitos e muitos quilômetros de onde estão.

Poucos conseguem olhar para a moça. Para o corpo da moça. Para a cabeça dela.

Alexandre viu o médico examinar e depois levar o motorista para dentro. Viu o corpo da moça. Dois soldados discutindo sobre que calibre faria um estrago daqueles.

Tem gente passando arma nossa pra bandido, diz um deles.

E qual é a novidade?, pergunta o outro.

Alexandre ouviu a agitação e pensou: Se pararam de jogar para correr lá fora, é porque a coisa é feia. Bastou olhar de relance para o corpo da moça no banco do carona para entender que não conseguiria dormir naquela noite. E, de imediato, lembrou-se das outras três, amarradas às camas em um quarto de hotel em Silvânia. Tiros nas cabeças, todas elas.

Ele resolve ir até a enfermaria.

O que você está fazendo aqui?, pergunta o coronel assim que o vê adentrando a enfermaria.

Pensei que podia ajudar, senhor.

Você acabou de deixar o seu turno, soldado. E você não é médico.

Ele vai sobreviver, senhor?

Estão dizendo que talvez não. Perdeu muito sangue. O tiro estraçalhou metade do peito dele.

Alexandre e o coronel estão parados lado a lado, junto à entrada, e olham fixamente para o fundo da enfermaria, onde os médicos improvisaram uma espécie de centro cirúrgico.

Estão tentando conter a hemorragia. Mas acham que ele não escapa, não.

Ele não é da área infectada, senhor.

Por quê? Ele falou alguma coisa?

Não, senhor. O carro dele. A placa é de São Paulo. E parece que é alugado, senhor.

— Alugado?

— Tem um adesivo de locadora na traseira. Eu vi. Se foi alugado, a papelada da locadora deve estar dentro dele, senhor.

— Vai lá checar, então.

— Eu, senhor?

— Você não queria ajudar, soldado?

— Sim, senhor.

Alexandre sai da enfermaria e atravessa o pátio em direção à saída pensando que queria ajudar, sim, mas não queria ver o corpo da moça outra vez. Com sorte, pensa, alguém já o removeu.

Nada.

O carro, sim, foi empurrado até o acostamento, mas o corpo da moça permanece no banco do carona, intocado.

— Não vão tirar o corpo dela daí?, Alexandre pergunta a um dos soldados que rodeiam o carro.

— Alguém foi lá dentro buscar um saco, responde o soldado.

Alexandre não quer esperar. Respira fundo e caminha até a porta do carona. Evitando ao máximo olhar para o corpo, estica o braço esquerdo e abre o porta-luvas. Alcança uma pequena pasta de couro com o logotipo de uma locadora de automóveis. Dentro dela, documentos do carro e do motorista.

Na enfermaria, sentado a uma mesa, o coronel examina tudo.

O nome dele é Hugo Silva. Você estava certo, soldado. Alugaram o carro em São Paulo.

Como é que ele está indo, senhor?

Agora estão dizendo que pode ser que ele sobreviva. Eu não sei de mais nada. Ele deve ter parentes por aqui. Ou então é um desses cretinos oportunistas.

Oportunistas?

Você não sabe? Vão transformar essa coisa toda em uma porra de parque temático. Os idiotas curiosos vão pagar aos cretinos oportunistas pra fazer um tour pelas cidades fantasmas. Dá pra acreditar numa idiotice dessas?

Dá, senhor.

Brasília está no topo da lista.

Brasília?

Brasília, sim. Um bando de anormais passeando pelas cidades mortas. Se eu soubesse que a coisa ia virar um circo, teria sugerido que não recolhêssemos os corpos. Os defuntos iam dar um colorido todo especial à palhaçada.

Não recolhemos todos, senhor. São corpos demais.

É, pode ser que os idiotas tenham algumas surpresas.

Alguém vai ganhar muito dinheiro com isso, senhor.

Não diga, soldado.

Alexandre volta para o dormitório e se deita novamente, mas, conforme previra, não consegue pegar no sono. Imagina que logo cedo um grupo de soldados sairá à caça daqueles que metralharam o carro e seus ocupantes. E respira aliviado por estar de folga no dia seguinte.

O coronel pergunta a Alexandre se ele quer dizer alguma coisa no funeral. Alexandre diz que não:
Não tem o que dizer, senhor.
O coronel insiste:
Você ficou próximo dele, soldado. Conversaram um pouco. Tem certeza de que não quer dizer nada?
Tenho, senhor. Acho que o silêncio é o bastante nessas ocasiões, senhor.
Que assim seja, suspira o coronel e, em seguida, deixa o alojamento.
Alexandre senta-se em sua cama e termina de abotoar a camisa. O enterro começará em dez minutos.

A região está tranquila outra vez. O coronel e alguns dos soldados esperavam que a coisa degringolasse de novo. Novas gangues, talvez. Cogitaram pedir reforços, mas nada aconteceu.

Um grupo de doze homens formado por um sargento e onze soldados saiu à caça daqueles que atacaram Hugo e Renata. Não foi difícil encontrá-los vinte quilômetros ao sul. Cinco rapazes esfarrapados ao redor de uma fogueira, a menos de quinhentos metros da rodovia. Amadores, ou apenas desesperados. As armas amontoadas sobre uma mochila, fora do alcance de suas mãos. Amadores.

A ordem do coronel era eliminar o bando, mas não sem antes descobrir onde tinham conseguido aquelas armas e se havia mais bandos agindo ou tencionando agir na região. Eles renderam os cinco sem dificuldades e perguntaram onde tinham conseguido as armas. Um deles disse que tinham comprado de um tenente em Brasília.

Brasília morreu, disse o sargento.

A base aérea. Muitos de vocês por lá.

"Muitos de vocês" o caralho. A gente não passa arma pra bandido, gritou o sargento. E vocês não têm grana pra comprar armas como essas, não.

A gente trocou.

Trocou pelo quê?

Os rapazes se entreolharam.

Trocou pelo quê?, berrou o sargento.

Pelas nossas irmãs, respondeu um deles.

O sargento e os soldados silenciaram por um momento. Por mais coisas que tivessem visto e ouvido desde que chegaram ali, sempre surgia algo novo.

Tem mais gente como vocês por aqui?, perguntou o sargento.

Não, senhor. Preferem atacar mais pra cima. A gente é que resolveu arriscar.

Resolveu arriscar, o sargento repetiu.

Sim, senhor.

Metralhou quatro deles e fez o quinto homem cavar as covas e enterrá-los. Depois disse a ele que voltasse ao buraco de onde saíra e espalhasse que ações daquele tipo não seriam toleradas naquela área.

Se quiserem fazer merda, disse o sargento, é melhor fazer lá pra cima, não por aqui. Entendeu?

Sim, senhor.

Outra coisa, disse o sargento.

Sim, senhor?

Mandou que cortassem a mão esquerda do homem. Depois, tiraram seus sapatos, deram-lhe água e comida e deixaram que fosse embora.

Hugo sobreviveu à cirurgia, mas morreu três dias depois. Entre uma coisa e outra, ficou consciente e parecia estar fora de perigo. Conversou muito com Alexandre nesse período. Quando não estava de serviço, ele passava o tempo na enfermaria, junto ao leito de Hugo. Pareciam velhos amigos. Hugo contou como fora parar ali, falou de sua prima Ana Maria, vivendo sozinha a menos de cinquenta quilômetros de onde estavam, da carta que recebeu dela, ela dizendo que estava viva, ela dizendo isso e não muito mais, falou do trabalho na televisão e, sobretudo, falou de Renata.

Na véspera do dia em que morreria, contou a Alexandre sobre o dia em que Renata e seu pai foram à feira na Benedito Calixto comprar uma vitrola.

Uma vitrola?, o soldado estranhou. Ainda existe esse tipo de coisa?

Parece que na Benedito Calixto se encontra de tudo.

Renata lhe contara sobre isso no mesmo dia em que foram ao Museu da Calamidade, sentados no tapete da sala do apartamento dela depois de fumar um baseado.

Meu pai sempre adivinhou as coisas que eu queria, ela dissera. Às vezes, coisas que nem eu mesma sabia direito entende?

Entendo.

Pois é. Eu nunca tinha dito nada sobre querer uma vitrola e uns discos de vinil. Devo ter comentado uma ou duas vezes sobre como os especialistas vivem dizendo que o som era muito melhor e tal. Ficava imaginando como ia ser legal ouvir as músicas de que eu gosto num equipamento ao mesmo tempo rústico e superior ao que existe hoje. Tipo, que viagem. A coisa é ultrapassada e não é, percebe? Nem tudo evolui, afinal.

Então, Hugo contou a Alexandre, o pai foi com ela até essa feira na Benedito Calixto. É uma feira ao ar livre, numa praça, e lá se encontra de tudo. Mas o pai não sabia se ia encontrar o que estava procurando. Disse para ela que não se lembrava da última vez que tinha visto uma vitrola, mas sabia que tinha sido ali, naquela feira.

Era aniversário dela?, Alexandre perguntou.

Foi o melhor aniversário da minha vida, Renata dissera. O mais especial, o mais incomum, e também o último que passei com ele.

Eles andaram por horas naquela confusão, continuou Hugo. A manhã inteira, perguntando aqui, perguntando ali.

Quase num extremo da coisa, tinha um velho sentado no meio-fio com um monte de discos ao redor, lembrara Renata. Discos de vinil, aqueles bolachões, dentro daquelas capas de papelão surradésimas.

O pai dela a puxou pela mão e se aproximou. Tinha um monte de discos, mas nenhuma vitrola.

Meu pai então perguntou onde é que a gente podia comprar uma vitrola. O velho olhou para o meu pai e perguntou se era para ele.

O pai dela sorriu e disse que não, que era para a Renata, e apontou para ela dizendo:

Minha filha. É aniversário dela hoje.

A essa altura, eu já estava agachada, fuçando os discos do velho, separando um ou outro, como se eu já tivesse a vitrola. O velho olhou pra mim e sorriu. Em seguida, olhou que discos eu estava escolhendo e sorriu mais ainda. Eu tinha achado uns dois do Tom Waits, um do Pearl Jam, três dos Beatles e um Jethro Tull, dá para imaginar? Estão todos aí na estante, inteirões.

O velho pegou um celular e falou com alguém. A Renata e o pai dela não conseguiram entender direito o que ele falava. O barulho era enorme.

Só sei que ele desligou o telefone e pediu para a gente esperar um pouco. Uns vinte minutos depois, eu já tinha escolhido mais discos do que ia conseguir carregar, veio um moleque carregando uma caixa nos braços e parou ao lado do velho. O velho, então, disse um preço bem razoável, nem me lembro quanto, meu pai pagou e o menino entregou a caixa para o meu pai.

O pai dela abriu a caixa e a vitrola estava lá dentro, com duas agulhas novas, sobressalentes. O velho disse que era só ligar nas caixas de som e pronto. Tinha um adaptador, eles podiam ligar em qualquer caixa de som que quisessem.

Meu pai pagou uma ninharia pelos discos e me falou para colocar eles dentro da caixa, junto com a vitrola. A gente agradeceu ao velho e foi embora, eu com o melhor presente de aniversário que já ganhei em toda a minha vida.

Eu nunca vi uma vitrola, disse Alexandre. Nem consigo imaginar como seja o som.

O som, disse Hugo, não é puro, mas, não sei explicar, é encorpado. Ele enche os ouvidos, sabe? Preenche o ambiente.

E o pai dela?

Morreu há algum tempo.

Por aqui?

Não, não.

Do quê?

Ela... ela nunca me falou.

Ficaram em silêncio por um momento. Hugo olhou para fora, como se fosse se levantar a qualquer momento. Em seguida, fez uma careta de dor, primeiro de dor física, do ombro destroçado, e depois de um outro tipo de dor, ao se lembrar do que acontecera.

Você acha que vão encontrar os caras que fizeram isso com a gente?, Hugo perguntou.

Não te disseram?

O quê?

Um grupo saiu daqui ontem de manhã e encontrou os caras.

Eles foram presos?

Não. Não foram, não.

Não foram presos?

A gente não tem celas aqui, não. Esse tipo de coisa a gente tem que resolver onde acontece.

Entendi.

Hugo fechou os olhos.

Eles apareceram do nada, ele disse. Atirando, sabe? Acertaram a gente já na primeira rajada. Eu acelerei, mas já... já era...

Ele foi piorando com o passar das horas. A febre, a desidratação, as dores. Desmaiou várias vezes. Delirou um pouco. Alexandre percebeu que ele não ia durar muito. Em um dos poucos momentos de lucidez de Hugo, sentou-se junto ao leito e perguntou se tinha alguma coisa que podia fazer por ele.

Tem, sim, balbuciou Hugo.

É só dizer.

Três coisas.

Três coisas.

Avisar um amigo meu. Me enterrar ao lado da Renata, onde quer que vocês tenham enterrado ela. Entregar uma coisa para a minha prima. Nem avisei Ana

Maria que a gente estava vindo. Fazer uma surpresa. A gente queria. A gente veio e.

Alexandre disse que faria as três coisas ele mesmo.

Promete?

Palavra.

Hugo ditou o número do telefone de casa. Acho que ele viajou. Se conseguir falar com ele, é só dizer que eu morri.

Em seguida, Hugo explicou onde ficava a chácara de Ana Maria. A chácara que fora de seus pais. Alexandre disse que conseguiria uma folga e iria pessoalmente até lá.

O que você quer que eu entregue?

Está na minha mochila. É um pacote, embrulhado em papel de presente. Um livro.

Pode ficar tranquilo. Eu faço essas coisas para você.

Obrigado.

Hugo morreu pouco depois. Alexandre procurou o coronel e o informou dos pedidos do morto. O coronel disse que ligaria para o amigo e daria a notícia.

A não ser que você mesmo queira dar a notícia, soldado.

Eu prometi a ele que faria isso, senhor.

Que seja. Quando eu o tiver localizado, mando chamá-lo, soldado.

Obrigado, senhor.

Quais eram os outros dois pedidos?

Ser enterrado ao lado da moça. Que uma encomenda seja entregue a uma prima, moradora da região.

Imagino que você se prontificou a entregar a tal encomenda.

Sim, senhor. Se não houver problema, senhor.

Não, soldado, problema algum. Exceto que você terá de ir sozinho. Estou com poucos homens aqui e não quero destacar meio pelotão para brincar de carteiro.

Entendido, senhor.

Mais alguma coisa, soldado?

Não, senhor.

O enterro será amanhã cedo. Dispensado.

TERCEIRO BLOCO / espíritos

Ela acorda pensando: Nunca vi o mar.
 São dez para as seis da manhã e ainda está totalmente escuro lá fora. Um vácuo enorme entre o fim da noite e o início do dia, uma espécie de limbo, o breu como que prenunciando um dia nublado, morto. Ela força as vistas e mesmo assim não consegue enxergar nada através da janela.
 Mas não está frio.
 O vento fraco não leva ou traz coisa alguma. Um dia morto e seco, sem chuva. Opaco. Ela esfrega o rosto com as duas mãos e senta-se na cama.
 O que há para se ver no mar?

Ela se levanta e caminha lentamente até o banheiro, atravessando o pequeno corredor, o mar ainda em sua cabeça. Não é que tenha sonhado com isso. Ela apenas acordou pensando: nunca vi o mar.

A água fria escorre pelo seu rosto e pelas suas mãos, por entre os dedos, a água que jorra com força da torneira.

A toalha de rosto dependurada atrás da porta, ela enxuga o rosto e as mãos e recoloca a toalha no mesmo lugar.

Na privada, ela pensa em um filme antigo sobre um casal que se perdia em alto-mar e ficava à mercê dos tubarões, e o filme inteiro era sobre isso, sobre a lenta agonia do casal dentro d'água, sem um bote, com suas roupas de mergulho e seu desespero crescente.

O que há para se ver?

Sentada à mesa da cozinha, tomando uma xícara do café que acabou de passar, assiste ao amanhecer. A luz difusa, sufocada: não há sol. O ar pesado parece lhe dizer: volte para a cama. Foi num dia assim, ela pensa. Mas que diferença ia fazer se não? Ensolarado ou cinzento, claro ou escuro.

No mar ou fora dele.

Ela passa a manhã dando de comer aos bichos, varrendo a casa, cuidando da pequena horta. Quando resolve fazer o almoço, nota a despensa quase vazia. Ela não gosta de ir aos centros comunitários, ao mercado livre. As pessoas sempre querendo saber das vidas alheias, como se isso lhes restituísse alguma normalidade. Respostas tortas para perguntas tortas, ou resposta alguma, para que não a incomodem mais. Mas eles sempre tentam de novo e de novo. Eles insistem. Não vão desistir nunca. Chegou a viajar trinta quilômetros além para comprar os mantimentos em outro centro comunitário, mas é sempre a mesma coisa. Sempre a mesma chateação enquanto pesam o produto e recebem o dinheiro e entregam o troco: Onde vive? Com o marido? Cria alguma coisa? Vende alguma coisa? Como consegue viver com o que o governo lhe dá? Não é muito pouco?

Ilhada, é como ela se sente.

Sentada à mesa, ela lista tudo aquilo de que precisa. O mínimo: arroz, macarrão, feijão, óleo, pães, papel higiênico, sabonetes, xampu. Abastecer o carro, também. Feita a lista, ela troca de roupa, pega a bolsa, fecha a casa, entra no carro e pega a estrada. São doze quilômetros, apenas.

Segura em sua pequena ilha. *Do not disturb.*

O centro comunitário é uma espécie de mercado livre, um galpão com diversas barracas montadas dentro. À primeira vista lembra uma enorme e muito bem organizada feira. Há outros centros, mais modernos, fechados, verdadeiros shoppings centers. Mas não ali, naquela região. No meio do nada ou do que um dia foi um pasto, a algumas centenas de metros da estrada. Há espaço de sobra para que estacionem os carros da forma como bem entenderem e para que os caminhões com os produtos entrem e saiam.

Caixas de som afixadas junto ao teto, nas quatro extremidades e no meio do galpão, ligadas em volume razoavelmente alto, despejam pesadamente a quinta de

Mahler sobre as cabeças de todos, vendedores e compradores. Ela sempre se pergunta de onde, afinal, controlam o som. Uma banca escondida em algum lugar, talvez. De dentro de um dos caminhões. Sempre quis saber, mas nunca ousou perguntar. Não perguntar para não ser perguntada. O som é límpido, aberto, mas não exatamente agradável para muitas daquelas pessoas. Música clássica, sempre. Há quem não suporte. Há quem prefira o silêncio. Mas foi a maneira encontrada para que as pessoas não gritassem como se estivessem, de fato, em uma feira.

As bancas dispostas lado a lado e os respectivos donos, devidamente uniformizados e usando toucas e luvas, em silêncio à espera dos clientes. O lugar é exemplarmente organizado. Placas informam onde encontrar o quê. Os fregueses se movimentam pelos largos corredores com suas sacolas, bancas à direita e à esquerda, e encontram facilmente tudo aquilo de que precisam. Entram e saem sem a menor dificuldade.

Ela compra rapidamente tudo aquilo de que precisa. O lugar está bastante cheio, como se todos os moradores da região tivessem percebido ao mesmo tempo que suas despensas estavam vazias. Melhor assim. Não há tempo ou espaço para que a incomodem com as indiscrições de praxe. Em poucos minutos, está de volta ao carro. Pega novamente a estrada, na direção contrária à de casa. Precisa abastecer. Não chove há semanas. A estrada macia, perigosa. Poeira e nada mais. Ser jogada para fora. Uma freada no momento errado, um pedaço de pau. Mesmo assim, ela pisa fundo. A caminhonete dança, implorando para que ela perca de vez a direção. Uma cerca de arame à direita, um barranco enorme à esquerda. Um animal que surgisse do nada.

Animais não surgem do nada, ela pensa.

Ela liga o som do carro. Um CD player. Encontrou uma pequena caixa com vários discos no guarda-roupa do quarto menor. Joy Division, U2, Radiohead, Beatles, David Bowie. Ela liga o som do carro e *She's lost control* toma conta da cabine.

Os vidros estão fechados por causa da poeira. Ela quase perde a traseira da caminhonete em uma curva particularmente acentuada. Não vê nada do outro lado. Viesse um carro na direção contrária e bateriam de frente. Tão poucos acidentes hoje em dia. As pessoas pararam de fumar e de beber. Sentindo-se privilegiadas por não acabar com os dentes negros e depois de ver parentes e amigos naquele estado. Mortos. É hora de se cuidar. Vida regrada. Obrigado, Senhor. Fazendo jus, Senhor. Sentindo-se abençoadas. As igrejas lotadas. Grandes tendas improvisadas, cadeiras de plástico, cânticos. Um certo sentimento de culpa. As pessoas se sentindo culpadas: todo mundo morreu, menos eu. Desculpa não ter morrido também, mãe. Desculpa não ter morrido também, pai. E há os que creem num *propósito*. A maioria. Se eu não morri é porque. Uma *missão*. Algo que tenho de fazer, mas o quê? As pessoas realmente acreditam nessas coisas. Ela vê e ouve de tudo no centro comunitário. Aguardando um sinal. Uma ligação do Senhor.

As pessoas acreditam em qualquer coisa, ela pensa no momento em que, poucos metros após a linha férrea, avista o posto e começa a diminuir a velocidade.

O lugar se chama Posto e Restaurante Mar Azul e é usualmente frequentado pelos caminhoneiros que abastecem os centros comunitários. Parada junto ao carro, esperando que terminem de abastecê-lo, ela pergunta ao frentista se o restaurante está funcionando. Não vê ninguém lá dentro. Parece fechado.

Está, sim, moça. Ele só costuma encher mais tarde, lá pelas duas, depois que o movimento lá no centro diminui. Mas já está funcionando, sim.

Por que o restaurante tem esse nome?, ela pergunta minutos depois à garçonete. Vocês não servem frutos do mar aqui, nem teriam como fazer isso.

Desobedecendo a regra. Não perguntar para não ser perguntada. Mas não pôde evitar. Tarde demais agora.

Não faço ideia, moça. Eu só anoto os pedidos e sirvo os fregueses.

Ela é a única freguesa. Ainda é cedo. Ele só costuma encher mais tarde, disse o frentista. Peito de frango grelhado, salada e arroz. A garçonete não precisa anotar isso, diz que estará pronto em dez minutos e caminha em direção a uma pequena porta que fica após o balcão, na extremidade oposta do restaurante. É a entrada da cozinha.

Olhando ao redor, ela nota como o lugar é limpo e bem cuidado. Pintura nova, chão encerado, móveis inteiros. Como se o fim do mundo tivesse parado antes da soleira da porta, pensa. Um Deus para a Criação, outro Deus para a Destruição. O Deus da Destruição parou antes da soleira da porta. Ou talvez tenha entrado apenas para almoçar e, satisfeito com o serviço, foi embora sem destruir nada. Talvez tenha quebrado um prato. Acidentalmente, é claro. Um Deus para cada coisa lhe parece mais lógico do que um Deus para todas as coisas.

No relógio afixado na parede atrás do balcão há o desenho de um crucifixo. Marcando o tempo de Deus, ela pensa. Mas de qual Deus? O meu Deus é o Deus da

Ausência. Fora do tempo. Dez minutos depois, a garçonete traz o que ela pediu.
Vai beber alguma coisa?
Um refrigerante. Coca-Cola.
A comida não é má. Comida caseira, comida de mãe. A mãe cozinhava mal. Trabalhando fora desde sempre. Sem a menor paciência para cozinhar, lavar, passar. A tia, sim, sabia cozinhar. A família reunida na chácara para as festas ou para um fim de semana qualquer. A chácara, a mesma chácara. Todos comendo até se fartar. Não ouve nada nessas recordações. Lembranças mudas. Seu passado não tem som. Isso é perturbador. Fecha os olhos e vê as pessoas reunidas à mesa, ao ar livre, debaixo da mangueira maior, rindo e bebendo e brincando e comendo, mas não ouve nada. Perturbador. Abre os olhos e encara o prato. Mais uma garfada. Nada mal. Afastar os pesadelos. Uma boa lembrança transformada em má lembrança porque repentinamente muda. O feijão parece derreter dentro da boca, delicioso. Quando já está cogitando almoçar por ali duas ou três vezes por semana, todas as semanas, a garçonete estraga tudo:

É você que mora sozinha numa chácara uns dez quilômetros depois do centro comunitário?

Sou, ela quase não responde.

Eu conheço a sua chácara. Meu pai é pedreiro, sabe? Foi ele quem ergueu a casa para o antigo dono. Eu ainda era pequena, mas me lembro de ter ido lá um monte de vezes com o meu pai. Eu ficava lá olhando ele trabalhar.

Ela não diz nada. A garçonete emenda:

Deve ser difícil morar sozinha.

Ela levanta os olhos do prato. A garçonete está encostada, os cotovelos sobre o balcão. Não olha para ela, mas para fora, para as bombas de combustível, para a estrada, como se falasse sozinha. Menos difícil conversar com uma pessoa assim, que parece falar sozinha.

É, sim. Um pouco. Mas eu já me acostumei.

Lá em casa é cheio de gente. Nove irmãos comigo. Ninguém se lascou na Calamidade, graças a Deus.

Graças a qual Deus?, ela resmunga sem que a outra consiga ouvi-la.

E a sua família?

A minha família?, ela tenta mastigar um pedaço de frango. A comida perdeu o gosto de repente. A minha família se lascou na Calamidade.

Nossa. Todo mundo?

É. Todo mundo. Tirando um primo que mora longe daqui. De resto, todo mundo.

Meudeusdocéu. Que coisa.

Pois é. Que coisa.

No momento em que ela cogita afastar o prato, pedir a conta, pagar e dar o fora, alguém adentra o restaurante e a garçonete desvia a atenção para o recém-chegado. Respirando aliviada, ela volta a se concentrar na refeição.

    O recém-chegado é um jovem soldado do Exército. Ele se senta a uma mesa próxima da entrada. Fica de frente para ela, ainda que do outro lado do restaurante. Metros e metros, mesas e mesas. Quase num outro país. Menos mau.

    A garçonete se aproxima arrastando as sandálias e ela pensa que o quadro estaria completo se ela, garçonete, mascasse um chiclete. De onde está, não ouve direito o que eles falam. O soldado fala muito baixo e a garçonete responde com certa displicência, o jeito mole de falar típico das pessoas da região. A ladainha diz respeito ao cardápio, e ele não demora muito a escolher. A garçonete mais uma vez desaparece na cozinha, esvaziando consideravelmente o ambiente.

Ela termina de comer e afasta o prato. Olha na direção da pequena porta que dá acesso à cozinha e cogita chamar a garçonete e pedir logo a conta, mas desiste. Mais cedo ou mais tarde, pensa, ela vai reaparecer. Não sabe o preço da refeição que acabou de ingerir e fica uns bons minutos pensando sobre qual seria o preço justo, sem chegar a qualquer conclusão. Pedir um desconto pela indiscrição da garçonete. As pessoas daqui. Eu sou daqui, pensa, mas eu não sou assim. Diferente. Eu não sou uma pessoa? Uma não-pessoa daqui. Talvez se não tivesse perguntado aquilo sobre o nome do restaurante. Lá fora, o frentista cochila sentado em um tamborete, o corpo apoiado em uma viga. Talvez seja irmão da garçonete. Família grande. Nove com ela. Ninguém se lascou. Deus é justo. Minha família, quantos comigo? Contar tios e primos? Amigos próximos, também. Você é como se fosse da família. Como se fosse. Todo mundo se lascou. E agora? Pagar a conta, pegar a estrada. Evitar as perguntas. Não quero falar com vocês.

Por que não me deixam em paz? As vidas de vocês não me interessam, a *minha* vida não me interessa. Por que não me deixam em paz? Pagar a conta, ir emb...

Você poderia me dar uma informação?

O susto dela não é pequeno. Olhava para fora enquanto coisas e loisas dançavam em sua cabeça, barcos pequenos no mar agitado. O rapaz, o jovem soldado. Ele está de pé ao lado dela.

Desculpa, eu... eu não queria te assustar.

Ela ensaia dizer alguma coisa, mas a voz não sai. Constrangido, o rapaz corre até a porta da cozinha e pede um copo com água. Volta em seguida, com a garçonete em seu encalço trazendo o que ele pediu. Sob os olhares dos dois, ela toma um pequeno gole e agradece.

O que aconteceu?, pergunta a garçonete. Ela está passando mal?

Desculpa, ele repete, e depois diz para a garçonete: Acho que assustei ela.

Tudo bem, ela diz. Está tudo bem.

E toma outro gole. A garçonete pergunta se ela quer um chá ou coisa parecida. Ela repete que está tudo bem.

Foi só um susto.

Se precisar de alguma coisa, é só me chamar.

Pode deixar, diz o soldado. Obrigado.

De nada, diz a garçonete antes de voltar para dentro.

Ele está tão preocupado quanto envergonhado. Ela percebe isso e se incomoda ainda mais. Pagar a conta, ir embora. Assim que conseguir respirar normalmente.

Você soltou um grito e tanto, ele diz, meio sorrindo. Eu te assustei, mas você também me assustou.

Você não parece muito assustado, ela diz.

Ele enrubesce e isso a deixa ainda mais incomodada. Ela se apressa:

Você disse que queria uma informação.

É verdade. Tenho uma encomenda para uma moradora da região, mas acho que estou meio perdido.

Eu não conheço os moradores da região.

Você não mora por aqui?

Moro.

Não entendi.

Ela respira fundo, ainda um pouco trêmula. Toma um terceiro gole de água, um pouco mais generoso do que os anteriores, como se descobrisse de repente que está com muita sede.

Eu não sou muito sociável, diz em seguida.

Entendo.

Ela afasta o copo com água pela metade e respira fundo outra vez. Seu coração voltou a bater normalmente.

Então, eu peço desculpas outra vez, ele diz, fazendo menção de voltar para a sua mesa. Não queria ter te assustado. Nem te incomodado.

Ela está olhando para fora novamente, na mesma posição de quando ele se aproximou e falou com ela pela primeira vez, assustando-a. No momento em que ele faz menção de sair, ela diz irrefletidamente, como se falasse com a vidraça diante de si ou com as bombas de combustíveis lá fora ou com a estrada poeirenta e deserta:

Ana Maria. Meu nome é Ana Maria.

Eu não sei por que ele ia querer me dar isso. Você sabe? Ele te disse alguma coisa antes de... de morrer?

Estão sentados à mesa do restaurante, o prato vazio sobre a mesa e a presença incômoda da garçonete às suas costas, fingindo limpar as outras mesas apenas para não perder um detalhe sequer da conversa.

Ele não disse nada assim. Só me pediu para entregar.

Ana Maria folheia o livro, detém-se em uma ou outra frase solta, que lê sem demonstrar o menor interesse. Está pensando nele, claro. Em Hugo, o único parente que lhe restava.

Agora só restou eu.

Como?

Da família inteira. Depois de tudo. Agora, só eu.

Eu... sinto muito.

A garçonete se aproxima e pergunta para ele se pode servir a comida.

Vou voltar para a minha mesa, ele diz.

Não, diz Ana Maria. Fica aqui. Pode comer aqui. Quero... te perguntar umas coisas.

Antes que ele concorde ou discorde, a garçonete toma o rumo da cozinha. Ana Maria continua folheando o livro desordenadamente, indo e voltando, como se procurasse por alguma coisa que nem ela mesma fizesse ideia do que fosse.

Parece poesia, resmunga. Mas não é poesia. É?

Eu não sei. Eu nunca li esse livro. Ele me entregou dentro daquele pacote e eu... eu não abri.

Você nem sabia que era um livro?

Sabia porque ele me disse que era. Um livro.

Ele... eu escrevi para ele. Uma carta. Nem sabia se ainda era o endereço dele em... em São Paulo. Mas fazia tempo. Quase um ano, acho. Pensei que ele não tivesse recebido. Toda essa... toda essa confusão.

Ele recebeu. Demorou um bocado, mas recebeu.

Ele... Hugo sofreu muito?

Alexandre respira fundo, e a maneira como ele respira fundo já é uma resposta. Mas ele ainda diz:

Sofreu. A moça que estava com ele, ela não... ela morreu na hora.

Tinha uma moça com ele?

Tinha. O nome dela era Renata. Por que... por que você está sorrindo?

Nada.

Nada?

É que... Hugo não era exatamente... Hugo era gay. Quero dizer, ele teve alguns casos com mulheres, mas no geral ele era... gay. Mas o que eu sei?

No geral.

No geral. Era... era bonita, a moça?

Sinceramente eu não...

O quê?

Ela levou um tiro na cabeça, sabe? Então não tinha muito como... eu pelo menos... prestar atenção.

Imagino. E ele?

Ele foi ferido no ombro, perdeu muito sangue. Aguentou por uns dias, mas...

É a vez dela respirar fundo. A garçonete traz o prato com arroz, salada e um pedaço de carne vermelha e coloca sobre a mesa, diante dele.

E para beber?

Acho que nada, ele balbucia.

Você *acha*?...

Nada. Obrigado.

De nada, ela suspira e recomeça a limpar as mesas próximas.

Alexandre olha para o prato de comida como se ele fosse de outra pessoa. Sem levantar os olhos, pergunta para Ana Maria:

Por que você não vai embora?

Embora daqui?

Embora daqui.

Para quê?

Por... por que não?

Para onde?

Ele encolhe os ombros: Não sei.

Não tem outro lugar. Ninguém me esperando ou coisa parecida.

Eu... eu não sei. Recomeçar.

Eu tenho a minha casa aqui. No meio do nada, mas minha. Herdada nas piores circunstâncias, da pior maneira possível, mas minha. Planto umas coisinhas, crio uns bichos. O governo me dá uns trocados. O mundo acabou, mas, como sempre acontece por aqui, as pessoas ainda não ficaram sabendo. Ainda não captaram a mensagem, sabe? Isso aqui ainda é Goiás. O governo e a imprensa podem até chamar de outra coisa, de um número qualquer, área sei lá o quê, mas isso aqui ainda é Goiás. É um lugar triste. Sempre foi. As pessoas iam, mas sempre acabavam voltando. De um jeito ou de outro. Mas agora elas se foram de uma vez. Não vão voltar nunca mais. Você entende o que eu estou dizendo?

Não. Acho que não.

Você é um soldado. Você veio aqui ajudar na limpeza, não foi?

Foi, sim.

Você matou gente? Arruaceiros, saqueadores, ladrões. Você matou gente?

Alexandre olha para os lados, constrangido, como se ela tivesse lhe perguntado algo irrespondivelmente íntimo. A garçonete agora limpa o balcão e está de costas para eles.

Ver o que eu vi, ver o que você viu, isso ainda não é o suficiente para se ter noção do que aconteceu aqui. Matar gente, sim. Isso te coloca direto no olho da coisa. Te situa de imediato. Entende o que eu digo? Depois de tudo o que aconteceu, matar alguém. Ainda ter ânimo e disposição para matar alguém. Pior do que isso: ser *obrigada* a matar alguém. Entende o que eu digo? Depois de tudo o que aconteceu, é uma desgraça que ainda seja possível, que ainda nos seja *permitido* matar alguém.

Ela respira fundo. Alguém que terminou de correr desesperadamente por dez, quinze quilômetros. E o pior: a subida mais íngreme ainda está à frente:

Eu matei gente. Dois rapazes. Tentaram invadir a minha casa. Já faz tempo isso. Foi logo no começo. Eles chegaram no meio da noite e forçaram a porta. Eu conhecia eles. Os dois. Eram de Silvânia. Você sabe o que é Silvânia?

Silvânia *era* uma cidade.

Ainda é. Ainda está lá, de pé. Os prédios, as casas, a coisa toda. As pessoas é que deram o fora. Morreram, deram o fora. Pra dizer a verdade, acho que a cidade ficou até melhor agora. Sem ninguém. Vazia.

Ela está rindo. Um riso estranho. Ela ri sem emitir som algum. A boca meio aberta, o corpo tremendo.

Pode acreditar em mim, soldado. Eu sei do que estou falando. Passei a minha vida lá. Em Silvânia.

Ana Maria para de rir, mas sua expressão não se altera. Um sorriso aberto, a respiração acelerada. Ela esfrega os olhos com a mão direita e prossegue:

É claro que eu não sabia que eram eles. Digo, os rapazes que invadiram a minha casa. Eu não sabia que conhecia os dois. Estava escuro. Eu ouvi o barulho e me levantei. Peguei o revólver, o revólver que tinha sido do meu tio e que agora era meu, e esperei por eles no fim do corredor. Eles podiam entrar por onde quisessem, pela porta da frente, por alguma janela, por onde quisessem, mas eles fatalmente iam sair ali no corredor, sabe? De um jeito ou de outro. Então eu fiquei esperando. Eu já esperava por aquilo. O fim do mundo e coisa e tal. As pessoas loucas, fazendo coisas que nunca imaginaram que iam fazer. Todo mundo já viu esse filme. Eu encontrei o revólver e a munição assim que cheguei lá. Eu esperava pelo pior, achava que a coisa não ia parar. Que coisas terríveis continuariam acontecendo. E continuaram, não é verdade? Você, soldado, sabe disso melhor do que eu. Das coisas que aconteceram depois. Que ainda acontecem. Hugo...

O sorriso finalmente desaparece do rosto dela. Uma expressão sombria, congestionada, como se lhe faltasse ar. Ela olha para fora, através da vidraça, o frentista cochilando, e só então continua a falar:

Eles entraram pela porta da frente. A lua cheia meio que entrou junto com eles. Eu via os dois claramente e não esperei nem mais um segundo: descarreguei o revólver na direção deles e por acaso, por sorte, acertei os dois. Recarreguei a arma e fiquei esperando. Achei que tivesse mais gente com eles, mas não tinha. Não sei quanto tempo eu fiquei naquele corredor escuro, agachada, em pânico, esperando. Esperando que mais gente entrasse, esperando que eles se mexessem e se levantassem, mas não aconteceu nada. Então eu criei coragem e fui até a sala. O primeiro eu tinha acertado em cheio, bem na cabeça. O outro eu tinha acertado no ombro e na barriga e ele estava lá no chão, gemendo.

Os outros tiros foram na parede e na porta. Eu liguei a luz da sala e me aproximei deles. Reconheci os dois na hora. Eu tinha estudado com a irmã de um deles.

Ela respira fundo, a estrada amarelenta lá fora. E prossegue:

O fim do mundo é isso, não? Porque eu me aproximei mais e eu nunca entendi direito o que se passava pela minha cabeça, acho que eu estava em pânico, sei lá, só sei que me aproximei mais e descarreguei a arma no que ainda estava vivo. Na cabeça dele.

Alexandre está parado na soleira, tímido.

Pode entrar, diz Ana Maria. Senta aí.

Ele diz com licença e caminha até uma das poltronas, onde se senta. Ela se senta no sofá, de frente para ele, e pergunta:

Café?

Agora não. Obrigado.

Ele olha ao redor, como se reconhecesse o lugar.

Foi aqui mesmo, ela diz. Nesta sala.

Ela diz isso e olha para fora, através da porta aberta. Conforme previra, o sol não apareceu. Uma grossa camada de nuvens mantendo o dia opaco, uniforme, nada refrescante. O vento continua fraco e intermitente, como se parasse para pensar a cada dois metros sobre qual direção tomar em seguida.

Você não precisa voltar hoje, precisa?

Não. Tenho três dias de licença. Você acha... tem uma pousada a alguns quilômetros do posto, não tem?

Não sei. Deve ter uma pousada em algum lugar por aí. Para os lados do posto, sim. Mas você pode ficar aqui.

Eu não...

Você já veio até aqui. Já está aqui. Sentado na minha poltrona. Dentro da minha sala.

Sim, mas...

Como eu te disse lá no posto, quero te perguntar umas coisas. Sobre o Hugo, sobre o que aconteceu e... eu quero saber direito como foi.

Não tem... não tem muito o que contar.

Mesmo assim. Eu quero saber. A casa é grande. Muitos quartos. Você foi a última pessoa que conversou com o último familiar que eu tinha nesse mundo. Por favor, fique.

Alexandre aceita ficar, mas sente como se invadisse o pesadelo de outra pessoa. A pousada perto do posto seria uma boa porque, a certa altura do almoço, quando Ana Maria terminou de contar a história de quando matou os dois invasores e foi ao banheiro, a garçonete flertou com ele. Ela não disse nada particularmente obsceno, apenas se aproximou da mesa e cochichou em seu ouvido esquerdo:

Vai passar a noite?

Hein?, ele se assustou um pouco. Acho que sim. Tem uma pousada aqui perto. Se você for passar a noite, eu vou passar a noite.

Ela colocou um pedaço de papel no bolso da jaqueta dele e saiu, voltou para a cozinha. Um número de telefone. Ele ficou um tanto perplexo pela maneira como ela deixou claro o que pretendia, mas então olhou para fora, para a paisagem desolada, além do posto e da estrada, e compreendeu. Ela olha para *isso* todos os dias, pensou. É só o que ela vê. E é só o que eu vejo há meses, também. Mas eu vou embora. Ela vai ficar.

Ana Maria voltou do banheiro e sentou-se à mesa. Percebeu que ele estava um pouco perturbado.

Que foi?

Ele a encarou e sorriu, meio sem graça, baixando os olhos em seguida. Disse que não era nada, que só estava pensando.

Minha história te perturbou?

É uma história e tanto.

Eu não sei. O tempo passou, semanas, meses, e hoje quando eu penso nela é como se não fosse mais comigo. Como se fosse uma cena de um filme que eu vi ou, sei lá, uma coisa que aconteceu com uma conhecida e que eu fiquei sabendo por terceiros.

Entendo.

Aconteceu muita coisa horrível por aqui. A minha história não é nem de longe a pior. Você mesmo deve ter visto muita coisa horrível.

Vi, sim. Claro que vi.

Aquelas três meninas em Silvânia. Achadas num quarto de hotel. Só se falou nisso por aqui durante um tempo. Diziam que os moleques invadiam fazendas e, bem.

Eles invadiam fazendas. Foram pegos em uma fazenda.

Vocês pegaram eles?

A minha unidade, sim.

E o que eles eram? Monstros?

Moleques. Garotos. Crianças.

Foi o que eu pensei. E é por isso que é tão horrível. Eu acho.

É. Acho que sim.

Ela respirou fundo e sacudiu a cabeça, como se procurasse acordar. Ele olhou para fora e se imaginou fodendo a garçonete em um quarto apertado da pousada. Qual o nome dela? Teria escrito o nome no papel, junto com o número do telefone? Ele tentou adivi-

nhar o nome dela. Deviam usar um crachá, pensou. Ou ter o nome bordado na camisa. Qualquer coisa.
Vem comigo, disse Ana Maria, fazendo com que ele voltasse à mesa do restaurante. Não moro longe daqui e você merece pelo menos um café por vir até aqui me entregar isso.
Como se adivinhasse, a garçonete saiu da cozinha e caminhou até mesa em que eles estavam.
Você não comeu nada, disse para Alexandre.
Eu sei. A comida parecia boa, eu é que... enfim.
Pagaram pelas refeições e saíram. A garçonete lançou um olhar bastante significativo no momento em que ele passou por ela. Como se dissesse: Mesmo assim, se você quiser, está de pé. Ele sorriu para ela. Um sorriso vazio que não queria dizer nada, mas que talvez ela tenha interpretado como: Vou te ligar. Não esquenta.
Lá fora, Ana Maria entrou em sua caminhonete e disse:
É só me seguir, soldado.
Certo.
Na estrada, a caminhonete às vezes era engolida pela poeira e ele se perguntava o que estava fazendo ali. Não havia necessidade de ir até a casa dela. A missão fora cumprida. Entregar o livro, dar a notícia, sinto muito, adeus. A ideia era cumprir a missão e dar um tempo

nos arredores de Anápolis. Os lugares de sempre. Grandes bares para caminhoneiros e soldados de folga. Bebidas, mulheres. Nada demais. Mas há quanto tempo eu não tenho uma folga? As garotas vindas de longe. Do mundo para o fim do mundo. Ou não. Órfãs com menos sorte do que Ana Maria. Que diferença faz? Nos puteiros, deitando com caminhoneiros, soldados e o que mais aparecer. Menores de idade, maiores de idade. Viciadas. Saudáveis, doentes. À disposição.
Agora, sentado na poltrona diante de Ana Maria, pensa que ela sequer é bonita. Não muito bonita, pelo menos. Uma jovem mulher como qualquer outra. Comum. Nada demais ou de menos. Um pouco estranha, ou tornada estranha pela história que contou, pela vida que leva, pela recusa em dar o fora dali, pela aparente frieza. Muito diferente da garçonete. A garçonete pensando e agindo como. Como o quê? Uma mulher "normal"? Não por minha causa. Ana Maria parece desencarnada. Uma morta entre os mortos. Uma viva culpada por. Não: *irada* porque não morreu. O pesadelo de outra pessoa. O pesadelo *dela*. O que eu estou fazendo aqui? O pesadelo dela é estar viva. Por que não se mata? Por que não se deixou matar pelos dois invasores?

 Era dos meus tios. Dos pais do Hugo.

 Eu sei. Ele me contou.

A gente passava as férias aqui. A infância toda vindo aqui. Nas férias, nos feriados. Você sabe como é. A família reunida e coisa e tal. Você... sua família tinha um lugar assim?

Mais ou menos.

Mais ou menos?

É. Mais ou menos. Ele não quer entrar em detalhes. Não quer contar coisa alguma. Ela percebe isso e não se adianta. Falar de mim. Ouvir dele.

Hugo, ele diz depois de um tempo. Parecia um bom sujeito.

Ah, ele era, sim. Foi embora um pouco cedo. Para estudar. E depois foi para mais longe. Para São Paulo. Era só nisso que ele pensava. Estudar.

E acabou escrevendo para a televisão?

É. Acho que ele não planejou isso. As coisas simplesmente acontecem. Eu acho.

É. Eu também acho que sim.

E você? Sempre quis ser soldado?

Mais ou menos.

Ela sorri: Mais ou menos?

Meu pai era oficial. Um tio meu, irmão do meu pai, também. As coisas simplesmente aconteceram.

Ela continua sorrindo. Ele não se lembra de tê-la visto sorrir antes. Mais bonita assim. Uma mulher comum tornada incomum. Porque não costuma sorrir, e quando sorri, ora. Bonita.

Deixa eu te mostrar o seu quarto, ela diz.

Ele a segue pela casa adentro até um dos quartos. Há uma cama de casal e um enorme baú ocupando quase todo o espaço. A cama está junto à parede, sob a janela.

Pode colocar suas coisas dentro desse baú, ela diz. Ele está vazio.

OK, ele diz. Vou pegar minha mochila. Deixei ela no jipe.

Eu vou passar um café. Te espero na cozinha.

Ele não vai de imediato até o jipe. Antes, senta-se na beirada da cama e encara a parede enrugada diante de si. Não há fotografias pela casa. Ele, pelo menos, não viu nenhuma. A estante, as paredes e os armários – nus. Mas havia fotografias por ali. Os sinais deixados pelas molduras e pelos pregos nas paredes. Ela tirou tudo, todas as fotografias. Recordações não são permitidas. Ela não queria ver mais ninguém? Talvez tenha queimado todas essas coisas. Uma fogueira no quintal. Para a família, *com* a família. A família ardendo alta noite. Ou no meio de uma tarde como essa.

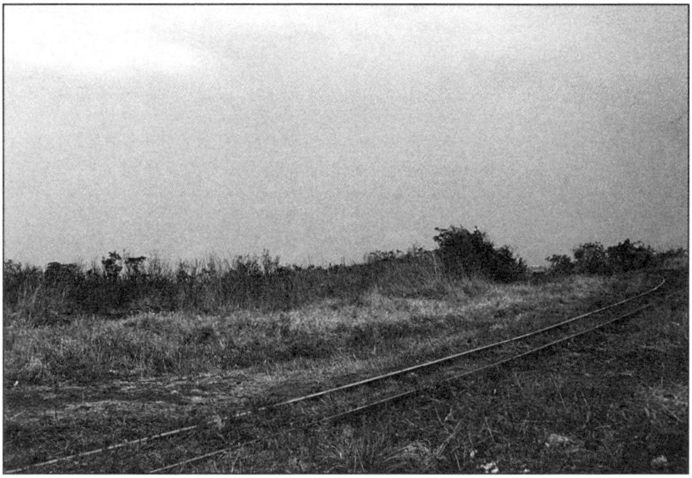

EPÍLOGO

Renata diz que precisa parar em algum lugar para comer e ir ao banheiro. Hugo não diz nada, mas entra no primeiro posto que vê, estaciona diante do restaurante e desliga o carro.

Te espero lá dentro, diz a ela.

Saem do carro ao mesmo tempo e ela corre em direção aos banheiros, que ficam na área externa do restaurante. No banheiro, ela adentra um dos reservados, fecha a porta, abaixa a bermuda jeans e a calcinha e urina. Quando termina, trata de se limpar, veste a calcinha e a bermuda, dá a descarga e sai do reservado. Lava as mãos. Sai do banheiro e caminha apressadamente até o restaurante.

Hugo está tomando café e mordiscando um pão de queijo. Diante dele, há um prato com um segundo pão de queijo. Ela pede dois salgados e uma Coca-Cola.

Onde é que a gente está?

Mastigando, ele olha para fora, através da vidraça, e diz:
Não tenho certeza.
A gente está mais ou menos perto?
Acho que sim.
A balconista chama por ela dizendo:
Moça? Seu pedido.
Sobre o balcão, estão um prato com duas coxinhas e uma lata de Coca-Cola. Renata vai até lá, pega o prato e o refrigerante, agradece e volta para a mesa. Come a primeira coxinha rapidamente. Ele termina de comer e acende um cigarro. Ela come a segunda coxinha muito devagar, estripando o salgado sem jamais pegá-lo inteiro e levá-lo à boca, mas pescando pequenos pedaços com as pontas dos dedos, sem a menor pressa. Pega nacos do recheio, evitando a massa. Hugo apaga o cigarro e toma mais um gole de café. Renata empurra o prato com os restos do salgado, toma um gole de refrigerante. De repente, Hugo respira fundo e diz:
Acho que eu não estou pronto.
Ela não diz nada. Direciona o olhar para fora por um momento. Hugo respira fundo outra vez e também olha para fora. Depois de um tempo, Renata se vira para ele e pergunta:
Você nunca teve uma irmã, teve?
Ele sorri e diz:

Não. Eu era filho único.

Então aquela história que você me contou no bar quando nos conhecemos... Uma boa história, não foi?

Ela balança a cabeça: sim.

E sorri ainda mais.

Silvânia, 11.2006 – Catalão, 9.2008.

Este livro foi impresso na Editora JPA Ltda.,
Av. Brasil, 10.600 – Rio de Janeiro – RJ
para a Editora Rocco Ltda.